Sylvie Anne

LE PAIN DES CANTELOU

Roman

Romans Terres de France

PRESSES DE LA CITÉ

Production Jeannine Balland

ISBN 978-2-258-08028-7

Première Partie

Les semailles

1

La Ferrière-du-Mont, 1780

Par deux fois, la trompe du berger paroissial a retenti. Dès le premier appel, Catherine s'est arrêtée d'entasser le bois. Elle s'est figée, en alerte, les muscles tendus, les battements du cœur plus rapides. Serait-ce le signal convenu ? A nouveau le timbre sourd, plaintif, se répercute de colline en vallon mais il est plus lent, on dirait le cri d'un animal qui va s'amplifiant dans l'air chaud et orageux de cette journée d'août.

Alors, brusquement elle sait. Le danger est bien là, il approche. En courant elle rentre dans la maison familiale : une seule et grande pièce où dorment dans un coin les deux derniers-nés, près d'une vieille femme assise qui tisse un écheveau de chanvre.

— Michel, où es-tu ? s'inquiète Catherine.

Un garçon blond d'une dizaine d'années se dresse :

— J'ai entendu, dit-il, c'est Pierre qui vient de sonner !

Catherine passe les mains sur son visage, rectifie le bonnet en toile qui tient ses cheveux.

— Doux Jésus ! C'est comme s'ils étaient déjà là... cela fait trop longtemps qu'ils n'ont pas visité le village.

La vieille femme se lève à son tour.

— Dépêchez-vous, Catherine, le trou doit être assez profond !

Tout en parlant, elle abandonne son rouet pour se pencher sur le lit en bois où les deux enfants s'agitent et pleurent.

Sans attendre, Catherine repart jusqu'au chêne, planté à quelques mètres de leur jardinet. Elle regarde longuement autour d'elle, en aval et en amont de la grand-route de Bretagne, puis elle s'accroupit, rassurée, pour enterrer le coffret plein de sel. Aidée de son fils, elle replace ensuite la terre, égalise le sol en tapant des pieds, recouvre l'endroit de tiges bien feuillues qui feront illusion. Tout ce camouflage a duré trois minutes. Il n'en fallait pas plus, déjà un galop de chevaux entrecoupé de hennissements résonne sur la route tandis qu'un nuage de poussières brunes, étonnamment sèches, progresse vers la maison.

— Les voilà !

Catherine Lesage a juste le temps d'entraîner le jeune Michel et de refermer la porte. Un petit moment s'écoule encore avant qu'un poing vif n'assène plusieurs coups violents.

— Holà ! Contrôleurs du roi, ouvrez !

Pas d'autre possibilité qu'obéir, accueillir ces intrus que la loi rend invulnérables. Elle entrebâille la porte et recule.

Marin Cantelou, le journalier, l'époux de Catherine, est parti depuis deux jours. Avec d'autres ouvriers des hameaux de Craham, de Clomesnil ou de Saint-Georges, ils marchent longtemps et mangent peu. Leur but est de se louer au hasard des grandes fermes, là où en cette période de moissons on attend des bras robustes qui travailleront des journées entières pour quelques maigres deniers. Les « bonnes » maisons sont rares et, depuis plusieurs années, le manque d'embauche sévit. Marin a souvent traversé des landes aux chemins raides et pierreux, des bourgs où les portes restaient closes. « On a ce qu'il faut », lui disait-on. Il pensait à Catherine, à leurs trois enfants, une seule obsession : les nourrir. A dix ans, bien sûr, Michel, l'aîné, rendait déjà de menus services comme apprenti auprès du meunier de Coulvain. Ah ! celui-là, quel mauvais coucheur ! Un sou pour une journée de treize heures passée à lier, à entasser les sacs de farine. Un travail de forçat pour un enfant de cet âge mais au moins, avec ce sou-là, on pouvait se procurer un peu de pain. Marin connaît bien sa condition : depuis son mariage en 1771, les années se ressemblent toutes. Il avait pourtant fait de nombreux projets avec Catherine : « Tu ne seras plus servante, tu verras ! Je t'achèterai même une robe en lin… » Catherine, sa force et sa mesure, plus jeune que lui de six ans, rencontrée à la foire d'Anctoville. A quinze ans, sous les épais cheveux blonds, son front était barré d'un léger sillon prêt à mûrir, à s'accentuer, entaille que la vie aurait déjà sculptée par une imperceptible mais tenace inflexion du temps. En lui offrant un morceau de pain de froment, Marin avait obtenu le serment de l'adolescente et sa reconnaissance. Elle lui avait aussitôt raconté son histoire, sans hâte, mais avec une limpidité qui prolongeait en quelque sorte sa transparence.

Catherine, l'enfant trouvé devant le portail de l'église Saint-Pierre à Caen et qui n'avait survécu que grâce à une forte santé chez une nourrice où l'Hôpital général l'avait placée. A la mort de sa bienfaitrice et suivant les prescriptions d'un testament, on l'avait mise en condition sous le nom de Lesage en attendant qu'elle ait seize ans et qu'elle se marie. Avec Marin, l'affaire fut rapidement conclue mais la dot de cette petite femme ronde ne consistait en tout et pour tout qu'en une cotte, deux chemises, quatre mouchoirs de poche et deux de col que l'hospice donnait à toutes celles qui le quittaient.

Un roulier de Bretteville avait amené Catherine et son modeste bien jusqu'à La Ferrière où l'attendait Marin. De cette union célébrée sans le moindre apparat naquirent Michel, l'aîné, Charles et Jacqueline qui moururent à un mois, puis Anne et Marguerite, les deux dernières.

La vie de tous, ici, façonnée de longs jours sans dérive certes, mais avec l'habitude, cette manière de faire et de refaire les mêmes gestes, ponctuellement du matin au soir sans se poser d'autres questions que le sempiternel : « Que va-t-on manger ? » Interrogation avivée par le matin, quand, très tôt, le faible rayonnement du jour glisse par les interstices du bas de la porte en bois au haut de la fenêtre, par-dessus le tissu tendu pour la nuit, et que Marin cligne le premier les yeux. Ne pas savoir, douter et pourtant se battre. « Renouveler la peine », comme le prêche son frère, l'abbé Michel Cantelou [1], quand il vient certains dimanches d'Aunay. Peine et pauvreté, ces deux mots soudés l'un à l'autre comme s'ils n'existaient pas

1. Egalement parrain du petit Michel, à qui il a, selon la coutume, donné son prénom.

autrement. Etroitement cousus, pareils à une étoffe de bure qu'il faut endosser dès le réveil à même la peau et qui fait tout oublier jusqu'aux rares plaisirs de la couche partagée. La chair de Catherine, caressée tant de fois qu'il n'y a plus d'étonnement ni de surprise, que Marin en reconnaît l'odeur, le toucher au quart de pouce près, qu'il sait aussi bien les façons qu'elle a de l'approcher, de l'embrasser ou de le mordre. Halètements et cris étouffés alors que les souffles réguliers des enfants endormis se répondent dans l'obscurité et que dehors, souvent, le vent fou ou la pluie battent toute la campagne. A trente ans, les humiliations, les privations, la peur et les jours de labeur ont affaibli Marin, transformé son corps, par un lent travail d'érosion, avec la différence que le temps pour lui s'est multiplié par dix, par vingt. Qu'il a été et va si vite qu'il n'épargne que le regard. Le bleu des yeux qui reste, survit, inchangé.

Il se sait vieux, le sent bien lorsqu'il doit parfois s'asseoir en pleine fauchaison. C'est comme si d'un seul coup ses bras, ses jambes ne le portaient plus, il chancelle. Ces défaillances trop répétées le minent ; les propriétaires, les laboureurs lui diront bientôt : « Pas d'embauche pour ce corps-là dont on voit qu'il se rouille comme un mauvais outil. » Marin et ses compagnons d'infortune, les autres journaliers, connaissent leur histoire par cœur, ils peuvent tracer leur vie sur le sol en un simple geste : un rond dans la poussière sableuse, symbole de ce qui fut et sera. Une boucle prête à se refermer. Pour Marin, c'est la mort qui devient sa « Familière ». Il la sent vigilante et rôdeuse mais en a moins peur. Les rares fois où elle l'a dompté, écrasé de son joug, remontent à la disparition des deux petits qu'il a eus avec Catherine. Depuis ces jours, alors qu'il avait tout juste trouvé le temps de les porter en terre à l'angélus du matin, il avait levé les yeux vers l'abbé son frère et dit : « C'est la "Familière", elle ne nous quittera plus. » C'est ainsi qu'il en parlait désormais : la « Familière », présente et seulement redoutée face à la crainte de laisser les siens démunis.

Avant de partir, Marin a mis en garde Catherine contre la visite des gabelous. « On ne sait jamais, a-t-il dit, on parle beaucoup de la Blanche-Maison. J'ai entendu raconter qu'ils ne s'occupent même plus des limites permises, ils ont été jusqu'au Coupe-Gorge... » Comme beaucoup, ils ont accumulé une modeste réserve de cinq livres de sel pur et blanc. A l'auberge de l'Embranchement, il se trouve toujours des amateurs, quelque voyageur passant par la grand-route pour rejoindre Caen, Rouen ou Saint-Malo. A ceux-là, on peut leur vendre un bon prix, de quoi pallier la pénurie de revenus en saison froide.

« Mais les gabelous ne sont jamais venus jusqu'à La Ferrière, a dit Catherine, c'est trop près des pays du "quart bouillon [1]"... »

Marin a serré contre lui sa faucille et sa pierre à aiguiser.

« En ce moment, bien des choses ne sont plus comme avant », a-t-il seulement ajouté, puis il a empoché un morceau de pain rassis avec un peu de fromage de chèvre. Un repas qu'il fractionnera en trois, dont il ne laissera même pas une miette pour les oiseaux. Et s'il a encore faim, il ne pourra trouver que l'eau fraîche des fontaines et des ruisseaux sauvages en attendant de grappiller des baies dans les chemins ombragés.

1. Salines du Cotentin (entre Coutances et le Mont-Saint-Michel).

Ainsi, sa prémonition était juste. Les contrôleurs sont là, rentrent chez lui, alors qu'à quelques lieues de son village, il les a oubliés. L'absurde ballet commence, bottes et mauvais mousquets s'agitent, vont et viennent ; des soldats ouvrent, déchirent d'un coup de couteau sacs et draps.

— La réserve ! ordonne celui qui semble être le chef.

Catherine montre le cellier. Elle n'a même pas besoin de l'accompagner, l'homme à la lourde démarche est déjà dans la petite pièce. De l'autre côté, ses deux suiveurs en sont à retourner couettes et paillasses ; une odeur aigre de sueur et de cuir chauffé de plus en plus écœurante envahit la salle. Les gabelous s'acharnent en jurant et riant ; pas de crainte à avoir ici, il n'y a que deux femmes et des enfants... Catherine tremble ; combien de temps vont-ils encore rester ? Peut-être iront-ils jusqu'au chêne ? Michel près de sa mère devine les questions, lui prend la main, un instant de complicité qui ne rompt pas la peur mais l'assourdit, la rend plus supportable, juste assez pour ne plus perdre pied dans ce vertige. Et soudain, au-dehors, des cris suraigus percent l'air étouffant. Tellement surprenants d'abord qu'on ne sait s'ils émanent d'une bête ou d'un gosier humain. Ils semblent venir du moulin, plus bas vers la grand-route. En quelques secondes, d'autres cris montent puis des coups de feu leur font écho. Chez les Cantelou, les gabelous abandonnent leurs recherches, sortent précipitamment, suivis de loin par Catherine et Michel. Catherine n'ose pas encore soupirer, pourtant les trois hommes ont tôt fait d'enfourcher leurs montures et de galoper vers la masse sombre qui s'agite entre les arbres.

Michel montre du doigt, s'étonne de cette animation :

— Allons voir, maman.

Catherine se retourne, derrière elle, la salle où gisent pêle-mêle leurs affaires jetées au hasard, les pots renversés, le coffre en sapin vidé de son contenu, la retient. La mère de Marin s'efforce de ramasser ce qui traîne, elle interroge, troublée :

— Ne dirait-on pas que ça vient de chez Louise ?

C'est bien Louise, sa propre fille, qu'ils sont en train de traîner vers la grand-route.

Louise, la sœur de Marin et de l'abbé Michel Cantelou, surprise alors qu'elle tentait de dissimuler un sac de vingt livres de sel blanc. Quelques courageux ont essayé de s'interposer, des femmes ont plaidé sa cause : « Elle attend un enfant pour la fin de l'année, ayez pitié ! »

Louise hurle parce qu'on la tire d'un côté et de l'autre, parce qu'elle a chaud et froid tout à la fois, et que Jacques Vergy, son mari, est parti se louer depuis trois jours. Mais qui peut arrêter ces hommes-là ? Qui peut les infléchir ? Ils exultent. Les crosses des fusils écartent les gêneurs, Louise pleure, supplie, puis brusquement se tait, perd conscience au milieu de ce cauchemar et du spectre qui grandit : la prison pour femmes à Condé.

C'est là qu'ils vont la mener, dans ces geôles obscures qu'elle n'a jamais vues mais dont on parle si souvent : les fers, l'humidité et les rats, la promiscuité avilissante... Et l'enfant qu'elle porte, qu'elle a conçu pour Jacques et leur avenir ? Elle se tord de douleur sur la route sèche et rocailleuse, s'écorche les bras et le visage au milieu des villageois médusés. Un soldat la relève, un deuxième lui lie les poignets. Louise a cessé de se débattre, ce n'est plus elle qui pleure, les joues striées de poussière, les cheveux défaits, c'est l'enfant qui remue en elle, dont elle devine l'angoisse.

— Pour lui, supplie-t-elle seulement, pour lui, mon Dieu !

Cinq chevaux l'encadrent, les gabelous doivent tirer en l'air, menacer la population qui veut arrêter le cortège ou l'empêcher de passer, mais la foule tient, ne cède pas. Comment ne pas se révolter devant l'injustice de cet acte ? Devant cette jeune femme de vingt-cinq ans qu'on torture parce qu'on n'a pas trouvé le mari et qu'il faut un coupable ?

Catherine et Michel ont couru, maintenant ils sont là, tout proches, se faufilant à travers les rangs. Soudain, elles se voient : Louise et Catherine. Catherine et Louise. Un regard de condamné à mort qui transperce, déchire Catherine. Michel, lui, recule, s'affole, quelqu'un le pousse.

— Faut pas regarder ça, petit, si ça t'retourne !

Des mots auxquels il ne fait pas attention. Ce qu'il voit sous ses yeux, c'est sa tante, humiliée, trébuchant, qu'on tire comme du bétail. A peine s'il sent une main sur son épaule et la voix familière de son ami, François Richard :

— On la vengera, j'te jure qu'on la vengera !

— Ils l'ont traînée comme ça sur la grand-route, en plein soleil ; de temps en temps, lorsqu'elle tombait sur le sol, épuisée, ils lui jetaient de l'eau sur la tête. Je les ai accompagnés jusqu'à l'embranchement où ils se sont arrêtés pour donner à boire à leurs chevaux... Leurs chevaux ! Tu m'entends bien !

Michel a retrouvé François Richard à la tombée du jour. Il lui raconte sa course juste après qu'ils se sont vus dans la foule, quand il l'a quitté pour suivre les gabelous et leur prisonnière. Entre ses doigts, les brindilles, les herbes arrachées cassent ; il les chiffonne nerveusement avant de les disperser. Assis à même le sol, près de la chapelle Sainte-Anne, il ne voit plus ce qu'il aimait ici dans ses longues retrouvailles avec François. Les jeux de la lumière déclinant sur les pierres, les derniers éclats du crépuscule avant l'obscurité. Il parle de ce qui vient de le heurter, qu'il sait en lui indélébile, incrusté dans sa peau comme une cicatrice chargée de vivifier le souvenir de la blessure. Son enfance bascule. François ne dit rien ou pas encore, il attend le moment propice, choisir de se taire c'est respecter la mutation qui s'effectue dans la tête de Michel. Il se souvient des jeux qu'ils ont partagés, les tours pendables dont ils riaient des jours entiers, le lance-pierres aussi pour tuer les oiseaux... La cruauté mêlée au plaisir : leur vie aux jouissances enfantines. Que va-t-il en rester demain ?

François se lève d'un seul bond, donne un coup de pied dans un caillou qui le gêne :

— Je t'aiderai à la venger, on les aura tous, tu peux en être sûr !

Michel regarde son ami qui tourne autour de lui.

— Que va-t-on pouvoir faire ?

A quinze ans, François (qui deviendra Richard-Lenoir, le grand industriel) est adulte. Placé en apprentissage chez plusieurs marchands de textile, il a déjà eu l'expérience du quotidien et de sa pesanteur lorsque la nourriture manque.

— C'est le ventre qui fait l'homme, répète-t-il, lorsqu'il est vide, c'est la bête qui apparaît.

Mais l'espoir d'une vengeance encourage Michel :

— Et si les gendarmes relâchaient Louise ?

— Impossible, dit François, au mieux elle en prendra pour deux ans...

Jacques Vergy va revenir ce soir ou demain matin, il apprendra lui aussi, il verra : la salle sens dessus dessous, la porte à peine fermée, peut-être encore des traces dans les herbes et le chemin... Michel imagine le retour de celui qui ne sait sans doute pas encore.

— Mais si Jacques avait été pris, demande-t-il, il était bon pour les galères ? L'abbé, mon parrain, a raison, il y a trop d'abus, pourquoi s'en prend-on toujours aux mêmes ?

— Ecoute, reprend François, ce qu'il faut, c'est agir ou se sortir de tout ça. Si personne ne fait rien, bientôt nous serons écrasés, réduits comme ces herbes que tu tenais tout à l'heure...

Maintenant, ils sont debout l'un en face de l'autre, François n'est guère plus grand que Michel. Tous les deux sont habillés de la même façon : chemise et culotte en laine largement rapiécées aux genoux et aux coudes, les pieds dans des sabots en hêtre presque plats. François le prend aux épaules, le fixe droit dans les yeux :

— S'en sortir, c'est faire notre chemin nous-mêmes, dit-il, passer de l'autre côté. Viens, il faut retourner au village, la nuit tombe.

Il s'est détourné, avance soudain seul à grands pas comme s'il ne pouvait plus rester dans cet endroit.

— J'arrive, crie Michel, ne pars pas si vite, je ne peux pas te suivre.

2

La fête a battu son plein.

Il y a bien eu quelques matinées où la pluie chaude a mouillé les champs, mais les moissonneurs n'ont pas cessé de travailler. Seigles et sarrasins ont donné tant et si bien cette année que le blatier de Bretteville a proposé d'acheter cinq cents livres pour quatre arpents avant qu'on ne commence les « entrées » et qu'on affûte les faucilles.

Marin a finalement trouvé à se louer ici près de Mortain en même temps que Jacques Vergy, son beau-frère. Des journées dures sous un soleil écrasant, sans compter les soirs où l'on charge les gerbes sur les charrettes qui vont jusqu'à la ferme. Là, d'autres bras attendent pour monter le gerbier. De temps à autre, surgit un moment de joie comme ce matin où Jacques a trouvé la « croix de coudre », plantée dès le printemps au cœur des sillons pour sanctifier les récoltes. En criant, il l'a brandie au-dessus de lui et les autres l'ont salué, applaudi ; du coup il est devenu le moissonneur le plus en vue. Il a conduit la dernière charretée et porté au maître l'arbre de mai, ce baliveau enrubanné que l'on fixe au portail des fermes à la fin des moissons.

La fête fut belle. Marin et Jacques ont mangé, bu plus que de raison pendant le banquet qui a réuni les journaliers et leur maître laboureur. Coqs rôtis, cruchons de « bon bère » accompagnaient le chant final :

Lorsque tout le blé est rentré
Grande réjouissance :
On nous fait faire le codé[1]*.*
Aux valets, aux servantes
Le Maît' en nous donnant d'l'argent
Nous dit : « Garçons, à dans un an… »

Les esprits libérés des corps courbatus, ils n'ont pensé qu'à s'amuser entre les rires, les pièces sonnant dans les larges chapeaux. Réjouissances, haltes provisoires sur les sentiers âpres de leur vie qui ne suspend son cours que pour mieux les reprendre. Il était préférable d'oublier la silhouette rebondie et noire du prieur, se pressant avidement au pied de chaque chargement ; il a droit à la dîme et ne veut rien laisser passer. Oublier aussi qu'au retour, il faudra faire les comptes : tant pour le roi avec les « fouages » et l'insupportable gabelle, tant pour le clergé « horsain » en lui partageant la dîme, tant pour les seigneurs qui revendiquent un nombre de plus en plus grand de leurs droits féodaux… Tant pour les « banalités » à cause du four banal, tant pour la location de la maison et du jardinet… : « Quand la Saint-Michel revient, douleur pour le bocain. »

C'est tout cela qu'ils ont mis de côté dans leur exubérance délibérée à danser, boire et chanter au cours d'une nuit, la seule offerte quand les récoltes sont finies.

1. Festin.

Le même jour, à la tombée de la nuit, Louise arrivait à Condé. Mais comment pouvaient-ils le savoir ? Ni Marin ni Jacques dans leurs ripailles et leurs chansons ne se doutaient. Ils ont bien entendu parler des gabelous et de leurs opiniâtres recherches dans le canton, l'Etat a tant besoin d'argent !

Quelqu'un a prononcé des phrases, répétées de bouche en bouche sans certitude. Mais rien de vraiment alarmant ni de sûr.

Au petit matin, encore tout ensommeillés, l'estomac barbouillé des excès de la veille, ils se sont mis en route après avoir brossé le foin de leurs habits. Marin a entrouvert le premier la porte de la grange, senti la fraîcheur brumeuse de septembre ; un signe à Jacques et les voilà partis serrant les deniers au fond de leurs poches. Ils passent par les champs vides, aperçoivent des glaneuses à genoux. Les vallons sont tapissés de prêles d'une rive à l'autre, les landes rudes et presque nues forment des plaques plus claires où les rochers affleurent. Quelques groupes d'attelages et d'hommes suivent les routes à travers les hameaux. Une région à la pauvreté vive qu'un étranger mesurerait d'un seul regard.

Jacques et Marin avancent, ne parlent presque pas. Ils viennent de vivre les mêmes choses et marchent vers les leurs, c'est un lien suffisant pour que leur silence soit semblable. De temps en temps, à l'orée d'un bois ou près d'un herbage, ils s'arrêtent, alertés par le clapotis d'un filet d'eau, entre les feuillages vert foncé et l'or des renoncules. C'est le miracle d'un « douet » ou fontaine guérisseuse qui les fait se poser sur le sol. Ils boivent, s'engourdissent, prêts à retomber dans le sommeil. Il faut le roulement long et grinçant d'un coche, le frappement rapide des sabots sur les routes tracées depuis peu ou les bêlements aux vibrations rauques d'un troupeau de moutons pour qu'ils se relèvent légèrement, tressaillent. Marin se met debout.

— Allons ! nous devons arriver pour midi !

Il lève les yeux, pousse les mèches grisonnantes qui retombent sur son front.

Rien qu'à scruter la lumière et l'horizon, il calcule l'angle du soleil, la mesure du temps. Jacques suit son regard.

— Nous en avons encore pour deux bonnes heures… dit-il.

Il n'a pas plu depuis trois jours et les fossés, les ornières des cavées offrent des monticules secs qui s'effritent sous les pieds. Pas à pas, aidés de bâtons qu'ils ont sommairement taillés dans les branches cassées de châtaigniers ou de hêtres, Jacques et Marin progressent en se tordant les chevilles. Ils jurent s'ils perdent un sabot ou dérapent, rient aussi parce qu'il y aura du pain demain. Un pain noir de sarrasin que Catherine ou Louise, à moins que ce ne soit le petit Michel, ira faire cuire au four banal du seigneur d'Aubigny. Et pour le retour, on préparera la soupe à la graisse de porc, et Anne, la dernière, boira un biberon de lait non coupé d'eau… Il fera encore beau demain, un jour clair tout au long duquel le soleil chauffera l'air jusqu'à ce que la campagne ne soit plus que frottements monocordes, bruits de bois mouillé qui se dérobe au feu.

Ils atteignent enfin le Relais de la poste, dépassent les « champs d'été » mis à nu à hauteur de la Blanche-Maison mais, juste avant l'Embranchement, une silhouette à cheval, parquée près d'un grand châtaignier, semble les attendre. Jacques la voit d'abord :

— On dirait un soldat, hâtons-nous !

Cette forme de profil qui les guette est seule. Uniforme clinquant, cheval pommelé et sabre à la ceinture, Marin Cantelou, capitaine du canton, cousin de l'abbé Michel et de Marin (dont il est d'ailleurs l'homonyme) est assis bien droit sur sa selle. La trentaine épanouie, il a pu suivre la bonne route. Officier de la garde royale, cachant ses ambitions parce qu'il est propriétaire, arriviste et... versatile, il patiente, sûr d'une seule chose, hormis le pouvoir qu'il représente, sa faculté d'adaptation aux changements de régime ! Ne parle-t-on pas de plus en plus d'un mécontentement sournois qui drainerait le pays ? N'entend-on pas de plus en plus de curés s'époumoner en chaire pour inciter à l'ordre, à l'obéissance au roi, voulus par Dieu ? Parce que nul ne sait ni le jour ni l'heure, il se tient prêt. Cette fois, il en impose encore plus. Sa prestance, sa manière élégante et hautaine de mettre pied à terre étonnent et inquiètent. Marin ôte son chapeau pour saluer.

— Est-ce moi que tu attendais, cousin ?

Le capitaine désigne du doigt Jacques Vergy.

— C'est lui qu'il me faut !

L'autre, un peu en retrait, se découvre à son tour sans comprendre. Rapidement pourtant, il apprend tout mais il reste là, planté en pleine lumière, la tête inclinée vers le sol.

Midi sonne au clocher de Sainte-Anne. Douze coups brefs sans écho qui achèvent tragiquement ses vingt-quatre heures de privilèges. Ici, l'avenir prend la forme de l'exil et du supplice. Louise en prison à Condé, lui, Jacques, emmené aux galères pour quelques livres de sel. Et l'enfant ? Et la terre ? Silence. Il n'y aura pas de réponse, pas de futur pour les hors-la-loi. Alors, soudain, il a l'impression de se dédoubler. Ses pieds, ses talons s'enfoncent dans les mottes d'herbe et de boue sèche, enferrés dans la terre, et l'autre part de lui-même, la meilleure sans doute, ailleurs, dans un retour en arrière, une crispation sur ce qu'il a été, tentative pour déjouer, tromper la condamnation.

Marin a des perles de sueur qui roulent sur ses tempes. Le seul à ne pas s'émouvoir, à vouloir accélérer le cours des choses, c'est l'officier. Il saisit et tire les rênes de son cheval qui secoue son encolure en hennissant.

— Je t'emmène, je dois te présenter au bailli !

Jacques le suit, tourne le dos à Marin qui fixe le départ, encore hébété par la scène. Il voit la croupe du cheval s'éloigner dans une masse de poussière devenant opaque, les deux hommes l'un derrière l'autre sur la monture au galop. Une faveur du capitaine :

— Monte derrière moi, nous irons plus vite !

Bientôt, ils disparaissent complètement sur la grand-route. Marin remet son chapeau, hésite à descendre le court chemin familier qui conduit au hameau. Que dire après cela ? Articuler des mots ? Embrasser les siens ? Il se détourne, va pousser la porte de l'auberge. Il reçoit en plein visage des senteurs d'alcool, de tabac, de cuisine rance dans ce lieu hanté par on ne sait combien d'épaves qui soufflent, avachies sur les tables encombrées des reliefs de repas inachevés. Marin n'a pas faim. On le salue d'une bourrade :

— Tiens, te revoilà !

Longueville, Louis dit « Prend-Pain » parce qu'il a fait trois ans de galère pour avoir dérobé un pain, Hamel, Gaillard, ils sont tous là. On le prend par le bras.

— Assieds-toi ! On a quelque chose à te raconter...

Non, il n'a rien à connaître d'autre de la visite des gabelous ; qu'on lui épargne au moins ce nouveau rapport et ses tristes détails. C'est lui qui pourrait plutôt leur dire, mais il se tait, observe tous ceux qui autour de lui s'empressent. Visages que le temps a laminés du front au cou, bouches édentées à l'haleine repoussante, ivres ou non, ils se ressemblent dans leur misère, mêlant leur vie d'à-peu-près pour s'assurer au fond qu'ils ne sont pas les seuls. Le cidre à peine frais est presque noir, déjà aigri sans nul doute. Ils boivent quand même au roi qui les oublie, aux corvéables et aux galériens ; ce n'est pas tout, encore un peu de patience, on leur promet une nouvelle taxe sur les toisons de mouton

Buvons, mes frères,
Croisons les fers.
Demain viendra,
A bas le roi !

Lorsque Marin se décide à rentrer, le soir est une nappe sombre faiblement dorée par les premiers reflets de la lune. Il traîne, prend une pierre, la lance devant lui, il attend, espérant apercevoir les « Poulains blancs » sur la grand-route. Les fées se cacheraient-elles aussi ? Déserteraient-elles ce crépuscule où il s'égare ? Il marche vers sa chaumière. Un dernier arrêt pour se soulager contre un arbre, une façon de signifier son mépris aux esprits qui l'abandonnent. Tant pis pour la chance, le soleil se lèvera un autre matin.

3

Les jours s'enchaînent aux jours, temps et vie liés l'un à l'autre, l'un dans l'autre, douloureusement parce qu'il manque une famille au village et que personne n'a de nouvelles.

Chez Marin, deux mois après le passage des gabelous, la vieille mère mourut. Calme et dignité entourèrent sa disparition. Catherine poussa le rouet sur le côté de la cheminée et Marin fabriqua lui-même le cercueil avec des planches noueuses que le sabotier lui vendit à bas prix.

Marguerite, l'avant-dernière fille, trottine à présent dans la salle. L'hiver est là ; avec lui, pelé à vif par le gel et le vent, le pays ne semble plus qu'une carcasse aux os saillants. Les rares bouillies de sarrasin que Catherine fait cuire dans le chaudron en fonte tiennent un court moment l'estomac au chaud. Michel, comme les autres enfants, ramène des faines qui craquent dans le feu des âtres où l'on se groupe aux veillées. François Richard lui a montré comment tirer sur les oiseaux à l'aide d'une fronde mais il est encore maladroit et rate souvent sa cible.

La famine rôde, progresse. Avec quoi va-t-on cuire le pain ? Ces récoltes qu'ils croyaient florissantes, ces gerbes si lourdes à porter... Qu'en est-il advenu ?

« Au printemps, il avait bien plu, et tout ce soleil après, on pensait...

— On oublie si vite. »

Catherine et Marin reprennent les mêmes mots, les mêmes phrases : c'est que la privation inquiétante les enferme dans son irréductible loi. Bientôt, la nourriture manquera, comme si la terre n'avait plus rien à donner, elle qu'ils ont ensemencée, labourée, chaulée pendant des jours. Nue et froide, morte ou endormie, mais cela revient au même, elle repose dans son silence, taisant ses racines, les enfouissant dans ses mille replis.

Mais eux, ces sous-employés de Dieu, les guetteurs de misère qu'on délaisse, interrogent sans cesse l'avenir, ils ont peur. Soupe au chiendent réduit en poudre, voilà le contenu des rares repas. Marin ne sait plus comment faire. Il voit les différences, son cousin le capitaine, laboureur aisé qui passe encore de temps en temps en le saluant, les voyageurs de la grand-route, perruques poudrées et chevaux fringants. Et de l'autre côté, les mendiants mourant de froid et de faim, les cercueils d'enfants portés sans cérémonie (une épidémie de variole s'est déclarée en dix jours), caisses foncées ou claires et même sacs que le prieur Dolay bénit d'un geste. Bois et terre réunis dans les petits matins froids où la vapeur des souffles se fond avec le brouillard glacé de l'hiver. Ceux qui demeurent se retrouvent ainsi côte à côte, dans cette malédiction qu'ils pensent envoyée du ciel, harassés par un épuisement qui charge chaque pore de leur peau, noie leurs yeux d'un voile mat. Après l'été, les tracas de la gabelle, maintenant les longues nuits, l'obscurité enveloppante, déconcertante emprise à laquelle il faut s'asservir.

Et soudain, en plein mois de décembre, cloués par la faim obsédante et la maladie qui les décime, ils apprennent que le prieur vient à son tour de mourir. « Dolay, le prieur, est mort cette nuit ! » La phrase va de porte en porte, reprise, assenée comme pour mieux persuader ceux qui douteraient encore. Comment est-ce possible ? Lui, si bien chauffé, si bien nourri... voilà que la nouvelle les saisit dans leur fatigue de vivre, avec elle un prodigieux élan les pousse à sortir de leurs maisons. Ils accourent, s'agglutinent sur la grand-route : « Dire qu'il allait même vérifier si l'on menait vache ou âne au labour ! »

Le froid mordant leur fait mettre des vieux sacs vides sur les épaules mais une solidarité qu'ils n'analysent pas les enflamme. Marin et son fils Michel rejoignent l'assemblée insolite qui s'impatiente sur fond de paysage pétrifié par le givre.

Michel glisse, rit, il ne comprend pas. Son père n'a pas un regard pour lui, il est déjà dans ce groupe qui vocifère, se bouscule. D'autres arrivent puis d'autres encore, une masse se forme, compacte et disparate tout à la fois. Femmes et hommes ensemble dans un projet qui n'a pas encore dit son nom mais qu'ils sentent intuitivement nécessaire, absolu.

De Craham, du Frêne, du Nid'Chien, de Coulvain, ils se rassemblent. Pathétiques dans cette pauvreté qui leur colle à la peau : guenilles et sabots élimés, déchirés, leur seul point de ralliement est dans leurs mains. Ils n'ont plus que faire des décrets du royaume, des interdits qui jonchent leurs pas, des vieilles dîmes et des nouveaux impôts qu'on édicte presque chaque jour. Ils ont faim. Leurs enfants, leurs vieillards meurent, eux aussi comme ces morceaux de tissu qu'ils portent : flétris, usés par les privations. Et le lait des nourrices qui se tarit, qu'on remplace par ce qu'on trouve : eau chaude où l'on a fait macérer des choux-raves et autres navets, l'horreur qui se poursuit... Avant de partir, ils se sont emparés d'outils qui rouillaient à force de ne plus servir et qu'ils laissaient dehors par une espèce de crainte superstitieuse, fourches, faux, fléaux... tout est là. Manches de bois appuyés sur les épaules, acier sombre des lames dressées comme des piques, tout à coup c'est une ardeur qui gronde, les enserre dans une volupté guerrière pour en finir au plus vite.

Ils sont deux cents à marcher ainsi vers le presbytère. Dans les rangs se trouvent aussi quelques enfants, comme Michel qui a suivi son père.

« Si François était là », pense-t-il, mais François Richard travaille à présent dans le magasin d'un négociant de Villers et depuis son départ, il n'en a plus de nouvelles. Michel savait que la différence d'âge était trop grande et que cette tête-là était trop bien remplie pour accepter la misère d'ici et n'y rien changer. Mais à présent, entre ces corps pressés, ces chants orduriers qui fusent parfois, ces rires forcés où perce l'angoisse, ces cris pour se soutenir les uns les autres, Michel sent qu'il est seul et que ce sera désormais sa route.

Le presbytère n'est pas loin de l'église ni du cimetière. A la vue des croix dans l'enclos sacré où ils se trouvaient encore il y a à peine quelques heures, certains ralentissent.

« Eh ! quoi, t'as peur ? » Marin surprend les hésitations de ses compagnons : « On n'a rien à perdre, qu'est-ce qu'on donnera à manger aux nôtres, demain ? » Autour de lui, ils approuvent, soutenus par Prend-Pain qui n'arrête pas de les exhorter. Lui peut dire pourquoi il crie. Ses trois enfants ont disparu en dix jours, fauchés l'un après l'autre. Ah ! ces tremblements qu'il guettait sans pouvoir dormir du soir au matin. Huit ans, cinq ans et deux ans, emportés par ce terrible mal que rien n'a pu conjurer, ni les chandelles à Notre-Dame, ni les herbes repoussant les mauvais esprits, ni les incantations à la pleine lune. « J'aurais dû signer avec le diable », a-t-il seulement dit à Sarah, son épouse qui n'avait même plus la force de geindre. Depuis, elle glisse, minuscule et courbée, de la maison vide aux monticules de terre craquelée par le gel et plantée d'une croix. Toutes ces images, Prend-Pain les tient en lui sans se répandre mais ce sont elles qui le font gesticuler, hurler à la mort comme un chien. Il est rouge, il a chaud parce qu'il veut conduire sa meute, régler son compte à ce prieur-là, gras et bien habillé, à celui qui venait vérifier les chargements de blé et de laine pour qu'on lui remette bien le dixième de la récolte, à celui qui ne se déplaçait même pas jusqu'aux chaumières : « Un enfant ? Ne vous inquiétez pas, Dieu l'a déjà accueilli, nous bénirons sa tombe… Si vous désirez une messe, pour vous je ne demanderai qu'une demi-tourte de froment, deux chapons ou une demi-livre de lard… C'est comme vous pourrez. »

Ils ont tôt fait de pousser les grilles, de s'engouffrer dans le jardin. Des fenêtres s'ouvrent, des hurlements s'échappent, Prend-Pain est en avant. Les portes cèdent, craquent, bruits de métal heurtant le bois, des sabots sur les parquets, des lampes, des vases qui tombent, des meubles fendus à coups de hache. En ce déchaînement qui leur fait perdre tout contrôle, ils se vengent, tétanisés par leur furie, incapables de se contenir. Michel a peur. Il se cache derrière un escalier de bois, regarde ce déferlement humain que rien ne peut plus arrêter, la Louison qui court derrière la servante du prieur, hagarde, décoiffée. Belhomme, le jardinier qui tente d'intervenir et qu'on projette dehors par une fenêtre brisée. Là, à deux pas, dans une petite salle en retrait, ils sont bien cinq à déboucher des bouteilles de vin, à saisir lard et fromage à pleines mains, à déchirer une tourte de pain blanc d'au moins six livres, avec cette impatience, ce feu qui les rend méconnaissables. Michel n'ose plus bouger, on lui écrase les pieds, on l'insulte : « Tire-toi d'là, bon à rien ! » Et les autres enfants, où sont-ils ? Disparus. Perdus dans cette fourmilière humaine qui livre bataille jusqu'au bout, à moins qu'ils ne se soient dispersés dans les champs, les sentiers, pour aller raconter. Même son père n'est plus là.

Marin est monté au premier étage avec Prend-Pain parce que ce bougre a dit que la dépouille du prieur devait être en haut ; depuis, Michel ne l'a pas revu. La Louison, elle, revient, dépoitraillée, un bâton à la main, face hideuse que la haine éclaire d'un tout autre jour. Elle s'époumone en vain :

— La troupe ! la troupe ! hurle-t-elle.

Michel est le premier à s'enfuir, à quitter la horde et son carnage, il court jusqu'au cimetière pour trouver un abri derrière les tombes. Et là, il aperçoit les chevaux, une vingtaine tout au plus, montés par des soldats, le mousquet en bandoulière. A leur tête, l'autre Marin Cantelou, le cousin de son père, qui dégaine son sabre.

4

Bouche fermée, Catherine fredonnait. Assise sur un minuscule banc de chêne, elle se mouvait à peine dans un lent va-et-vient. Dans son dos, les flammes de la cheminée diminuaient, accusant dans la nuit le profil aigu, renforcé par la lumière fauve. Cheveux longs, dénoués, Catherine tremblait de froid et de fatigue devant le petit lit en bois.

De sa paillasse, Michel l'observait ; comment dormir, d'ailleurs, quand la mort n'est pas loin ?

Marin n'était pas rentré, cela lui arrivait souvent ces derniers temps. Il partait pour un ou deux jours, cherchant le moindre travail ou quelque broutille. A la tombée du jour, en distribuant parcimonieusement la maigre bouillie de sarrasin à Michel et Marguerite, Catherine avait tout à coup laissé tomber sa cuiller.

« L'Ankou, avait-elle articulé, l'Ankou… »

Les deux enfants avaient sursauté en même temps, puis Marguerite s'était mise à sangloter mais sa mère ne bougeait plus, les yeux tournés vers la fenêtre où la nuit ne laissait rien entrevoir, les mains crispées sur la toile de sa longue jupe.

« Il passe, écoute, Michel, écoute ! » Catherine suppliait, n'osant rien faire d'autre, immobile, le corps raidi par la peur. Michel avait alors osé passer son nez par la porte entrebâillée, pris entre la chaleur de la pièce et le vent froid qui léchait son visage. Il n'avait rien entendu, ni le bruit d'un charroi sur la route, ni le tintement lent et étouffé des clochettes annonçant la redoutable apparition. La porte refermée, il n'avait plus rien eu d'autre dans les oreilles que les vagissements difficiles, saccadés de la petite Anne dans son lit de bois.

Mais Catherine était sûre. L'Ankou, ce porteur de mort, passait de plus en plus souvent dans le hameau, ces derniers mois. Personne n'avait jamais vu son visage ni sa silhouette. Il lui fallait la nuit la plus obscure, le froid et la maladie pour que sa charrette grinçât sur les chemins. Quelques échos lugubres de clochettes, comme un glas au timbre pointu, et les mères se signaient promptement et les pères essayaient vainement d'aller chercher le curé, souvent trop tard.

L'Ankou venait prendre les enfants malades. Certains, disait-on, avaient juste aperçu la carriole s'enfonçant dans les bois, pleine à craquer des âmes emportées : aubes blanches auréolées d'une lumière jaune. Ne restaient après que les pleurs ou le chagrin lourd et muet des vivants.

Et c'était, pour Catherine, bien plus qu'un pressentiment, bien plus que l'inexplicable évidence qui vous ronge soudain de l'intérieur.

Elle avait veillé près du lit, ne sachant plus que faire, que dire, prier le diable ou Dieu. Elle avait chanté, pris l'enfant dans ses bras, tenté désespérément d'esquisser les gestes qu'elle croyait capables de sauver. Puis, au fil des heures, elle s'était tassée, la tête sur les genoux, les bras repliés contre sa poitrine. Alors, Michel s'était levé, pieds nus sur le sol de terre battue. Dans la cheminée, le bois finissait de rougir au milieu de cendres fumantes. En s'approchant, il avait vu sa petite sœur Anne, calme, endormie. A part le souffle de sa mère, il ne percevait plus la respiration sifflante, les halètements rauques de l'enfant. Bouche entrouverte, yeux clos, elle reposait enfin après deux jours de crises permanentes. Michel avait avancé son bras, touché de sa main le front ; c'est le froid qui l'avait surpris. Vite, en allumant un restant de chandelle, il avait éclairé le visage d'Anne. Bleu, il était bleu, masque bouffi par la mort. L'Ankou avait accompli le destin.

Michel repense à tout cela, dans ce décor de tombes surplombées de croix. Il a beau fixer les cavaliers et leurs montures, redouter le terrible affrontement qui va se produire, désormais en lui le souvenir se fait déchirure. Frères et sœurs morts, ce poids des disparus avec la toute dernière image d'Anne dans son lit. Et sa mère, à peine réveillée mais ployant sous la douleur que rien ne pouvait atténuer, ni les caresses, pas même la voix sourde de Marin, la voix du père qui chantait dans la nuit, longue complainte au timbre tremblé alors qu'il rentrait sur le chemin, avant que Michel ne lui ouvrît leur porte.

Images jointes à l'arrestation de Louise, la faim... et maintenant sous ses yeux la bataille. Qu'avaient donc fait les siens ? Rien d'autre qu'affirmer là leur dernier acte de révolte devant les calamités journalières.

Là-haut, dans le grenier, les paysans trouvent des grains, des sacs de farine blanche et fine, des réserves accumulées depuis des mois. Certains ont déjà chargé des charrettes, emmenant même quelques bougeoirs, timbales, couverts en argent qu'on revendra, c'est sûr. Mais les moins prudents, ceux qui n'ont pas fait attention aux cris d'avertissement, restent encore, ébahis, délirant devant la profusion de denrées. Tout à la joie qui leur fait oublier temps et lieux, ils chantent, boivent le vin des caves à même les tonneaux. Bouches béantes, genoux fléchis, le liquide rouge clair gicle sur leurs visages, coule sur leurs vêtements. « Dolay, va au diable ! » « Que ton âme soit damnée ! » Leurs imprécations percutent les voûtes humides et noires. Quelques-uns ont allumé des chandelles mais l'éclairage est si faible qu'on y voit juste assez pour ouvrir les robinets des barriques, s'asperger du vin tourangeau qui transitait par la nouvelle route et l'Embranchement.

Au premier étage, le cadavre du prieur a été recouvert d'une toile. Marin, Prend-Pain et d'autres ont d'abord pensé à profaner la dépouille, ce cadavre gonflé sous le noir de l'habit, qu'on devine encore plein des excès de table, protégé par la bonne conscience que donnent le droit divin et le rang social. Mais à bien regarder, avec ses cheveux blancs épars, ses yeux fermés, enfoncés, ses bajoues retombant vers le cou, déjà momifiées après trois jours sans vie, ça n'était presque plus lui.

« C'est tout de suite qu'il aurait fallu », a dit Marin. Oui, tout de suite alors qu'il était encore cette détestable figure replète, épongeant sans cesse d'un grand mouchoir blanc son front couvert de sueur. Alors qu'on pouvait sentir le chaud de l'ancienne vie qui passait encore sous la faible et ultime impulsion du sang. Mais maintenant, à quoi bon ? Prend-Pain l'a couvert d'une sorte de bâche avec cette persistante peur de représailles, comme si les vivants étaient moins puissants que les morts, ces éternels veilleurs de l'ombre, jeteurs de sorts, maîtres de pouvoirs inexpliqués. Il a dérobé le corps aux regards des curieux avides ; enlevé les voiles de crêpe noir qui recouvrent meubles et miroirs. Puis, méthodiquement, pièce après pièce, il retourne tout, incite ses compagnons à l'imiter sans entendre les chevaux sur la route, sans voir par la fenêtre les vapeurs autour des chevaux en pleine course rejoignant l'haleine des soldats, les empanachant d'une masse bleutée, translucide.

Michel ne sent plus la frontière entre le passé et le présent. Les yeux pris, rivés à ce qui lui apparaît comme une guerre brutale et sans merci, il se retrouve assis à côté des morts drapés de terre et de bois. Quelques secondes encore et le carnage commence. Il a le temps d'apercevoir un corps éjecté par la fenêtre du premier étage. Bras et jambes écartés, tête renversée, marionnette aux ficelles cassées qui s'écrase sur le sol. Puis c'est un autre et un autre... Des gens s'échappent vers la route, des femmes, des hommes qui perdent leurs sabots, certains ont du sang sur le visage. Michel voit les soldats viser calmement, un genou à terre, appuyer sur la détente de leur mousquet. Des formes s'affaissent, arrêtées net, interrompues dans leur course désordonnée. Il pleure, se courbe plus près de la terre alors que des cris d'hystérie collective se mêlent aux détonations sèches, qu'il n'existe plus tout à coup d'endroit ou d'espace défini, que tout s'annule dans une apothéose de sang, de soleil, de peur. Michel cesse de voir, de contempler. Il se replie sur lui-même, grelottant d'une fièvre dont il ne connaît pas le nom mais qui l'oblige à vomir, spasmes violents qui l'étranglent, tordent son estomac vide. Ne pas rester, partir, partir, pense-t-il, faire aller ses membres paralysés par le froid, engourdis jusqu'à la moelle, inertes.

Alors soudain, le calme imprévisible arrive. Tout s'arrête comme si le rideau tombait sur la scène d'un théâtre, semblable à ces estrades improvisées qu'il a vues dressées au marché de Villers, quand la soubrette aux joues rose vif, au teint carmin, fait une dernière révérence et qu'une invisible main ferme les tentures défraîchies, assombries par les poussières et la pluie.

Devant lui, on emmène des rescapés prisonniers, file de pauvres redevenus ce qu'ils étaient mais plus défaits, encore étourdis, bringuebalant leurs corps, encombrés de leur échec. Calme entrecoupé des plaintes des blessés allongés par terre, de râles s'amenuisant comme un filet d'eau se tarit. Michel se redresse un peu, bouge une jambe. Les soldats sous les ordres du cousin Cantelou sont venus à bout des insurgés. En essuyant son visage, l'adolescent cherche à reconnaître son père, il fronce les sourcils, plisse les yeux mais en vain. Pas une forme là-bas qui l'interpelle, la vieille bâtisse aux murs gris reprend l'aspect de son passé : pierres de granit, grilles en fer à peine tordues ; seuls le jardin dévasté, les portes que personne ne referme témoignent du combat avant l'abandon.

Quelque temps encore, puis des charrois réquisitionnés par les soldats se transforment en abri pour transporter les blessés. Tout s'ordonne, s'enchaîne ; des voitures arrêtées au bord de la route descendent des hommes qui cherchent à savoir. On leur donne l'ordre de s'écarter, de rebrousser chemin ou d'attendre.

Que subsiste-t-il de la révolte née dans le petit matin ? de la fougue qui reliait ces insoumis du désespoir ? Leurs outils qu'ils brandissaient en gueulant comme s'ils cherchaient à couvrir leur toute dernière hésitation, des sacs de farine éventrés dans ce fatras qui survit toujours aux batailles. Et par places, sur la terre craquelée, fissurée, de minuscules amalgames blanc et rouge, poudre coagulée, pas encore durcie : des flocons de farine mouillée de sang.

Michel voudrait s'enfuir enfin. Impossible pourtant de se redresser ici, de s'élever lentement en spectateur. On va le surprendre, certains pourraient le désigner : « Il était avec nous » ou « Ton père a été emmené ! » La trahison est possible, surtout à cause du capitaine, l'autre Marin Cantelou. Celui qui n'a pas hésité à tirer, imité par sa troupe. Enfin, ils partent, derniers morts chargés sur la paille des charrettes ou jetés sur les planches avec un bruit mat. Les chevaux piaffent, nerveux, difficilement maîtrisés dans leur singulière danse comme s'ils manifestaient un agacement devant la folie de ces hommes ; leurs yeux démesurément ouverts, exorbités.

Ils partent. Michel marche, contourne le mur d'enceinte où quelques ifs ont poussé. C'est d'abord l'arrière de la maison où rien n'a changé, puis il passe lentement par une allée étroite bordée de pierres nues, couverte de graviers dont il ne peut faire taire les crissements sous ses pas. Et lorsqu'il se trouve face à l'entrée du jardin, aux grilles ouvertes sur la route baignée par la lumière mauve d'un soleil d'hiver, il ne peut plus continuer. Les parterres piétinés, labourés par on ne sait combien d'allées et venues, sont jonchés d'outils cassés, de morceaux de toile sans doute arrachés aux vêtements des paysans. Le pire de ce qui vient de se produire est là, gâché pour toujours, dans ce que mesure Michel avant d'entrer dans le presbytère ravagé.

Il sursaute. Un cri ? Un bruit suspect ? Non, de simples battements pressés au-dessus du toit, l'envol d'un ramier ou d'un corbeau que plus rien ici n'effraie. Meubles fracassés, vins et liqueurs répandus sur les planchers, tentures déchirées, chaque pièce ne recèle plus que des ombres sous les murs tachés, éclaboussés. Pas la moindre trace de Marin ici ou ailleurs. Michel appelle faiblement, repousse du pied un gobelet en argent aplati qui rebondit sur le côté. Il monte à l'étage, inquiet d'un grattement persistant, peut-être reste-t-il un blessé ? A moins que... Sur un lit dont les montants ont été fendus, dont les draps lacérés pendent jusqu'au sol, une forme gît, à moitié cachée par une silhouette immédiatement reconnue : la Louison !

Elle se retourne avec la brusquerie des gens surpris en train de mal faire et qui ont peur. Mais elle n'a plus de visage. Ses yeux seuls, exorbités comme ceux des chevaux qui se cabraient sur la route, saillent dans la chair striée de rouge (quelqu'un a dû la cravacher en pleine figure ou la griffer avec un objet tranchant) ; à ses côtés, Sarah, la femme de Prend-Pain, s'affaire. Elle crie :

— Le p'tit Cantelou ! D'où sors-tu ?

Puis très vite :

— Tant mieux, t'iras leur dire qu'on l'a caché sous le lit et maintenant il est à nous !

D'un revers de bras, Louison balaye les cheveux poisseux qui retombent sur ses joues et son front.

— Tu le diras à ton cousin, il a eu beau prendre nos hommes, les tirer comme des lapins, on l'a not' revanche, elle est là !

Sur le lit brisé, rompu sous les assauts des haches, des pioches ou des pelles, deux jambes à la peau parcheminée émergent. Membres où les os forment des arêtes si dures qu'ils semblent presque percer la chair jaunie. Sur les pieds chaussés de vernis à boucle, ce qui fut assurément des bas s'effiloche, en bandes de soie noire, déchiquetée. Michel ne comprend pas. Ces deux femmes sauvées d'on ne sait où, dont le souffle rapide trahit l'excitation, s'acharnent sur une dépouille inconnue, visiblement morte depuis plusieurs jours.

L'adolescent recule. Ce n'est pas cela qu'il cherche, ce n'est pas cela qu'il voulait voir. Cette scène insupportable parce qu'elle n'a plus aucune raison d'être, ces deux furies bataillant contre l'insaisissable, survivantes et pitoyables dans leur abominable besogne dont elles tirent un plaisir plus qu'indécent.

Il bute contre le mur, se plaque contre lui. Il sait qu'il ne pourra plus jamais oublier, que quelque part dans l'imprévisible éclatement du destin, il devait être témoin jusqu'au bout de la lâcheté des hommes. Michel essaie d'agripper le mur, mains en crochet de chaque côté de son corps. Il voudrait aller plus loin, que ce papier, qu'il perce de ses ongles enfoncés si fort qu'ils se retournent, l'absorbe, le soustraie à l'absurdité horrible de cette vision.

Sarah, la brune, le menace, gesticule :

— C'est ton cousin qui a blessé mon homme ! Et p't-êt' bien qu'à cette heure, il est mort...

Elle pleure, s'affaisse, se plie, le buste en avant, le visage dans les mains. A présent, elle est par terre, assise, les épaules secouées, toute à la douleur qui la foudroie sur le sol. Alors, le cri de Louison éclate, strident, les faisant sortir d'eux-mêmes, du piège de leurs états d'âme où ils s'enfonçaient. Un hurlement vindicatif émis à gorge déployée mais né plus bas, dans les entrailles, à la façon d'une rivière qui prendrait sa source sous la terre et coulerait ensuite à l'air libre sans méandre.

Elle exhibe un sexe d'homme coupé et son cri continue, plus aigu, plus animal, traversant l'atmosphère confinée de la chambre où les odeurs de sueur se mélangent à des relents d'encens, de buis et de cire.

Michel et Sarah regardent le trophée obscène, effarés par l'acte impur qui entérine la damnation éternelle. Cette fois, Michel fuit, court. Escaliers, graviers, terre, puis la route et le froid. Il va sans savoir. Ses mains le brûlent, il ose un regard : au bout de ses doigts, les ongles retournés sont en sang.

5

Il se souviendra toujours.

15 décembre 1783, ce matin-là avec la pâleur de l'hiver, le jour à peine levé, gris et rose sur la courbe des collines. Et Catherine, immobile près de l'âtre, le visage marqué mais vide de tout sentiment et qui fixe la fenêtre sans voir. Catherine qui n'a pas dormi depuis l'avant-veille, qu'on laisse là comme si on avait peur qu'en la touchant, elle se désagrège. Corps friable pareil aux roches fissurées qui bordent la Seulline et que l'eau ronge en stagnant des mois durant. Catherine qui a elle-même lavé, habillé Anne ou plutôt ce qu'il en restait, qui avait été sa petite fille, qu'elle avait sentie remuer en elle puis livrée à la lumière, cinq ans auparavant, entre les bassines d'eau chaude, les mains des deux matrones et ses propres gémissements.

D'abord Charles, puis Jacqueline et enfin Anne. Comment résister ? « La Familière, disait Marin, lui qui se tassait un peu plus à chaque deuil, elle ne nous quittera plus... » Mais il se maintenait pour Catherine parce qu'il savait qu'elle allait se reposer sur lui. Pas longtemps certes, le temps de pouvoir non pas dépasser, ni oublier mais recouvrer un semblant d'apaisement grâce à la prière, aux visites de voisins, d'amis. Comme si le fait d'être comprise la ressourçait à l'énergie que les femmes d'ici portaient en elles et se transmettaient depuis toujours.

Elle et Marin avaient veillé Anne tout au long de la nuit précédant l'ensevelissement, pleurant ou silencieux, épuisés mais vigilants. Au début, Marin avait plusieurs fois tenté de prendre la main de Catherine ou de la caresser mais elle l'avait vivement repoussé. « Non ! » avait-elle dit en se rétractant comme sous le coup d'une douleur. Surpris, il avait appuyé sa tête contre le mur, les yeux dirigés vers elle mais sans vraiment la regarder, l'esprit absent dans la quasi-obscurité de leur pièce où ne brûlait qu'un Oribus. La moindre pensée le ramenait à leurs enfants pourrissant dans la terre, à la chair de leur chair fécondée avec ces gestes égoïstes de l'amour qui ne sont que le désir d'un corps à peine entrevu ou même pas possédé parfois… C'est ainsi dans le doute et le souvenir qu'il considérait Catherine, assise à quelques pas de lui, près du lit mortuaire. De temps à autre, elle levait doucement la tête, croisait son regard. Elle s'y attarda plusieurs fois avec cette interrogation débordant de souffrance mais qui n'espérait en fait aucune réponse, aucun réconfort parce qu'elle n'aurait même pas eu le courage ni l'envie de l'entendre. Parce qu'elle semblait maintenant hors du temps, ses jours seulement ponctués de ses morts, points de repère qui effaceraient les saisons, les fêtes, les travaux, tout ce qui venait en filigrane du quotidien et qu'elle n'attendrait plus.

La petite morte gisait entre eux, figure étonnamment lisse, irréelle, statue de résine et de plâtre aux yeux clos.

Enfin, vers le milieu de la nuit, après les pleurs et la méditation, avec ces incompréhensibles impulsions qui traversent les êtres lorsque les événements les broient, Marin changea.

D'un geste brutal, il frappa sur le sol de son poing fermé.

— Tudieu ! hurla-t-il.

Catherine, épouvantée, le saisit.

— Tais-toi ! L'Ankou va revenir, il nous prendra Marguerite ou Michel...

Cette seule menace empêcha Marin de proférer d'autres imprécations mais l'impuissance, l'exaspération cognaient dans ses veines sous le flux accéléré du sang. Il sentit qu'il devait, qu'il lui fallait agir, sinon dans l'immédiat, du moins bientôt, avant le matin. Il ferait quelque chose de grand, de fort, il s'y laisserait couler à fond comme si la violence de son chagrin allait pouvoir enfin sortir, et avec elle la culpabilité qui l'étreignait, l'accablait.

— Eux partis et je n'ai rien pu faire !

Il se rua sur Catherine. Qu'avait-elle donc à toujours souffrir en silence ? Pourquoi ne criait-elle pas comme lui ? Une fois pour toutes, que sa bouche se libère, expulse ce trop-plein d'intolérable peine... Mais il ne sortait rien d'entre ses lèvres, tandis qu'il la secouait de toutes ses forces. Elle avait seulement porté les mains à ses tempes, se tenant le crâne comme si elle avait peur qu'il la gifle. Et lui, avec cette fureur désespérante qui l'aveuglait jusqu'au paroxysme, il l'abattit sur la terre comme un objet qu'on cherche à briser.

Venant alors de plus loin, de cette partie inapprivoisée de l'esprit, imprévisible parce qu'involontaire et parce que Catherine ne réagissait toujours pas, allongée contre le sol, le front caché dans les mains, une autre intensité prit forme en lui, se ramifia dans ses vaisseaux, impétueuse.

Il s'agenouilla, releva la longue jupe, une main entre les jambes qu'il jugea froides.

Catherine, le souffle coupé, se cabra, renversa la tête, bouche bée. Elle eut presque aussitôt un « Non » qui se finit en sanglots brefs, bouche, ventre, cuisses contractés, se raidissant en une longue et atroce crampe.

Elle le sentit ainsi entrer en elle, peu à peu, l'entrouvrant sans violence mais fermement, allant quérir la secrète habitude pour échapper à ce qui les désarticulait l'un et l'autre jusqu'à l'inconscience. En même temps, il l'appelait de ces noms qu'il lui avait donnés dès leur première nuit : « Ma douce, ma belle, ma tendre... » Ces insignifiances de l'amour, utilisées, réutilisées, interchangeables parce qu'anodines, érodées comme un galet parfaitement arrondi qu'on tient un instant dans la main pour la jouissance du toucher, puis qu'on rejette et qu'on oublie. Des mots pareils à ces cailloux idéalement polis qui ne sont destinés à rien d'autre qu'à l'éphémère et qui pourtant, comme eux, résistent et s'usent tout à la fois.

Elle ne dit plus rien même quand elle se releva avec toute la difficulté que ce mouvement lui imposait. Marin, dans l'apaisement retrouvé, éprouvait la distance et le poids de l'avant à l'après. Il eut peur d'elle. Leur solitude, seulement troublée par le lit-cercueil qui venait de perdre le sacré de sa présence, se métamorphosait.

L'accouplement achevé, la mort de l'enfant devenait plus acceptable, comme si la tentative de reproduire la vie ramenait à de nouvelles dimensions moins monstrueuses, moins indignes l'insupportable réalité.

Puis l'aube se leva par paliers, Michel et Marguerite rentrèrent de chez les Gaillard où ils avaient passé cette dernière nuit. Sur la route, les révoltés se préparaient au pillage du presbytère, Marin les rejoignit quand le corps d'Anne, ficelé, empaqueté dans une « pouche » de toile, fut confié à la terre. La Familière, c'était aussi cette argile sablonneuse, cette glaise aux mille parcelles que les cours d'eau, la pluie, la boue pétrissaient, malaxaient. L'hôtesse nourricière qui s'ouvrait pour et par eux, donnant et prenant sans cesse, fidèle ou capricieuse mais finalement leur ultime refuge après les menus détours de la vie.

En un jour ils avaient ainsi cru avancer, défaire quelque chose en confondant douleur et haine, l'une suscitant l'autre, la prolongeant. Le hasard avec la disparition du prieur avait catalysé cette forme extrême de leur détresse mais le lendemain il n'en resta rien. De nouveaux morts pesèrent, ceux emportés sur le terrain et ceux qu'on pendit en place publique. Des prisonniers furent emmenés aux galères, attachés l'un derrière l'autre, déambulant sur la grand-route, pour l'exemple. Quelques-uns en réchappèrent dont la Louison, Sarah, Marin qui trouva refuge pour quelques nuits chez son frère l'abbé. Il expliqua longuement aux siens comment il avait couru en entendant la troupe. Réalisant subitement le massacre, il s'était caché dans la charrette d'un roulier qui transportait du bois. Un homme-providence qui n'avait surtout pas voulu dire son nom mais qui avait tendu sa main avec le pain des pays d'en haut, là où la disette ne sévissait pas autant.

Dès le soir, la dépouille profanée du prieur est enlevée, ensevelie sous la bénédiction du doyen de Villers. Elle rejoint la cohorte des martyrs, allonge la liste des saints, porteurs symboliques des drapeaux de l'Eglise, ces bannières de sacrifiés déployées en modèles. On y voit la dégradation sournoise d'un petit peuple sans foi ni loi que plus rien ne rebute. La toute-puissance de la religion s'allie à celle du roi pour une intransigeante répression. Mais les questions continuèrent : qui donc avait osé ? Quel homme, quelle femme avait voulu transgresser les interdits de la mort et se damner ? Du côté des paysans, les rescapés font aussi figure de héros. On les cache, on les chauffe. Ce sont les enfants de la passion et du désordre, qui ont laissé, laissent des traces indélébiles dans les mémoires. Parmi eux : celles, ceux qui ne parlent pas, ne parleront peut-être jamais. Les témoins dont Michel s'enferment dans le silence, non pas celui de la complicité mais celui de la peur.

6

Rien qu'en parcourant la dernière demi-lieue, la voiture faillit basculer deux fois. Elle roule très vite et ne ménage ni son chargement ni ses essieux ; son conducteur est tout habillé de noir, manteau gansé à petite cape, gants et chapeau tricorne vissé sur une perruque de médiocre qualité. L'homme au visage vérolé, la bouche mince aux commissures tombantes, est cramponné au fouet dont il use avec ardeur pour le simple soulagement d'en avoir fini le plus rapidement possible. Il n'a que faire des douleurs dorsales de la malheureuse jeune femme assise exténuée à ses côtés et qui jette des regards apeurés vers l'intérieur de la voiture.

Encore un peu et l'auberge de l'Embranchement offrira le point de chute où s'achèvera sa mission. Visiblement, le cocher n'a que cela en tête. Sur son passage, on se retourne, on commente. Comment pourrait-il en être autrement lorsqu'on découvre ce chargement plein d'enfants en bas âge, entassés les uns sur les autres, pleurant, hurlant, qui roule presque à découvert sur une route poussiéreuse sans autre forme d'égard pour cet incroyable transport venu tout droit de la ville, c'est-à-dire de Caen ?

A l'arrivée, parmi la trentaine d'infortunés à mettre en nourrice, la jeune accompagnatrice qui vient de suivre les cours d'accouchement de madame Du Coudray ne peut que constater le décès de cinq bébés de moins de six mois.

« De toute façon, ils n'auraient pas vécu ! » : cette phrase-épitaphe du cocher, laconique et cinglante, marque les débuts d'un repas solitaire et bien arrosé chez l'aubergiste. Aidée d'une commère venue à la rescousse, la jeune femme est obligée pendant ce temps de distribuer les enfants bien-portants aux nourrices qui se pressent, s'injurient, se disputent les bébés et les trente sous qui suivent chaque placement. Les leçons que Judith Hamel vient de recevoir pendant une dizaine de jours ne lui servent même pas. Fille de l'aubergiste et paroissienne assidue, elle a voulu suivre les conseils de l'abbé Cantelou. Avec prudence d'abord puis de plus en plus insistant, l'abbé a réussi à convaincre l'une de ses meilleures ouailles.

Un dimanche de grand soleil, paisible comme un de ces jours où tout semble issu du même flot de lumière, il les a tous surpris par l'audace de son sermon. La petite église Saint-Vigor était pleine. Comme d'habitude, on retrouvait l'indiscutable scission : les plus riches en avant, les plus pauvres derrière, seulement satisfaits à l'idée d'être là, ignorés des nantis qui ont décidé un jour de s'en accommoder sans autre forme de compassion qu'un sou jeté dans une main tendue.

L'abbé Michel Cantelou, averti par une circulaire imprimée émanant de Paris, s'est largement inspiré des écrits du curé de Landelles, qui s'inquiète du taux élevé de mortalité infantile et bouleverse les idées pourtant bien ancrées dans les campagnes. Pendant plus d'une heure, fermement campé en chaire, échauffé par la passion de son discours, maniant à la fois l'humour et la tendresse, il a su adroitement captiver un parterre sidéré de croyants, abasourdis par la véhémence et la nouveauté du discours :

« Allons-nous devoir nous affliger encore longtemps de voir des familles éteintes par des imprudences coupables ? Des époux chrétiens doivent tout faire pour conserver le fruit du mariage. La mère doit éviter les danses agitées, les travaux excessifs et les saignées trop abondantes. Un bon père et bon époux ne sera jamais brutal ou enivré. Quant à l'accouchement, il doit être suivi de près, effectué par des femmes solidement éduquées qui n'emploieront plus "l'instrument meurtrier[1]" trop souvent coupable d'affaiblir et même de tuer... Madame Du Coudray, pensionnaire du roi et fameuse accoucheuse, va donner des leçons dans la grande ville de Caen... »

Dès la fin de l'office, cinq femmes se présentèrent pour être inscrites à ces cours mais c'est Judith Hamel, âgée de vingt ans, connue pour son excellente tenue et sa dévotion à la cause des enfants, qui fut choisie.

Après dix jours d'enseignement à Caen, elle se trouva naturellement toute désignée pour accompagner le convoi trimestriel de nourrissons et rentrer au village par la même occasion.

1. Ancêtre des forceps.

Les commères qui l'assaillent en pérorant sur tous les tons n'ont que faire du savoir dont Judith Hamel pense se servir comme d'un privilège.

« A moi, celui-là ! je peux même en prendre deux ! » « Ne m'oubliez pas, j'en ai déjà élevé trois ! » « Mon lait est meilleur, j'ai mangé du lard et du pain de froment ! »

Elles ne se privent pas pour vanter leurs mérites, se marchent sur les pieds ou se poussent du coude, si proches d'elle, si hardies que Judith en a peur.

Ces femmes, prêtes à n'importe quoi pour trente sous, vont emporter l'enfant qu'elle leur remettra, la plupart le soumettront à des régimes coutumiers : biberons coupés de cidre, d'eau du puits ou bouillie de sarrasin. Ainsi, sur ces vingt-cinq nourrissons, dix tout au plus survivront et cinq atteindront peut-être l'adolescence. Néanmoins, comme le veut l'intendante générale de l'hospice, la supérieure des augustines, ces enfants seront « placés ». Elle attend d'ailleurs la liste des noms pour tremper sa plume dans l'encrier de buis orné d'un minuscule crucifix d'argent, la recopier en s'appliquant, marquer d'une croix les rares nourrices visitées pour contrôle et raturer d'un trait sec les victimes (heureusement baptisées) que l'on s'apprête à jeter dans la fosse commune.

Judith, qui connaît trop bien ces procédés, se dépêche, impatiente de se décharger, ne serait-ce que pour questionner cette femme qu'elle distingue mal à l'écart du groupe, et qui semble hypnotisée par la scène. Enfin le dernier :

— Il s'appelle Marc, voilà l'argent !... Oui, c'est trente sous, on ne peut pas vous donner plus !

Restauré, abreuvé, le cocher surgit, prêt à repartir.

— Il faut qu'on change mon cheval au Relais de la poste.

Il coiffe son chapeau.

— Pour vous servir, madame Hamel, on a eu de la perte mais le voyage a été bien agréable en votre compagnie !

Il s'incline, s'empare de la lettre qu'elle lui tend et s'éloigne. Judith regarde un moment la silhouette longue et noire d'où ne tranchent que les bords d'une perruque argentée, jaunissant sous les frottements du tricorne. Il s'en va, la démarche un peu claudicante alors que la pluie commence à tomber et qu'une odeur de fougère mouillée monte des chemins.

— Venez vous abriter !

Judith fait un signe vers la femme qui reste encore là, près du carrefour, un panier au bras, le regard étonnamment fixe. Un jeune garçon l'entraîne vers l'auberge, c'est Michel Cantelou qui pousse Catherine, la fait asseoir près d'une table tandis que Judith s'empresse, essayant de la faire réagir :

— Ah ! l'abbé m'a bien parlé de vous, malheureusement, j'étais rarement à La Ferrière, alors nous n'avons pas pu nous rencontrer souvent...

— L'Embranchement n'est pas loin de chez nous, dit Michel, mais elle ne sort plus beaucoup depuis...

Il ne finit pas sa phrase, se mord les lèvres, embarrassé.

— Un peu de vin chaud ? demande Judith.

— Je veux bien, dit Catherine.

Elle pose alors un bras sur la table en chêne, lisse, moirée, où les pots et les assiettes en tournant ont dessiné, tracé des ronds indélébiles malgré les chiffons mille fois passés. Elle regarde autour d'elle, son bras sur la table, prenant possession de ce lieu sans autre volonté que de s'y sentir plus à l'aise, prête à boire le vin chaud comme une récompense.

— Et ces enfants ?

A peine soufflée entre un coup d'œil inquiet et une contraction du bras, la question est adressée à Judith. Petit silence. A cette heure matinale, l'auberge est quasi vide. Dans le gros chaudron, sous les braises de l'âtre, il y a des choux, du lard ou quelque graisse de porc qui cuit. Grésillement du bois qui fond, se désagrège sous le feu...

— Et ces enfants ?

— Ils sont tous placés, dit Judith.

Elle approche les gobelets en étain noirci, le vin d'un rouge léger, vraisemblablement allongé d'eau, coule du pichet en fumant. Judith s'assoit, son bonnet de toile blanc penche sur sa tempe, c'est qu'elle n'a pas eu le temps de penser à elle, de replacer les cheveux trop abondants sous cette coiffe bousculée par le voyage. Les traits tirés de son visage accentuent les cernes bleus sous ses yeux.

— Oui, mais les autres ? demande Catherine.

— Les autres rejoindront les autres.

Judith ne veut pas lui donner de quoi alimenter son angoisse. Elle sait le drame qui l'a prise dans sa tourmente, dépossédée d'une part d'elle-même, cisaillée à vif dans sa chair comme... Elle ferme un instant les yeux, pense au prieur. Faut-il toujours payer par la souffrance du corps ? Michel sent bien tout à coup que l'on s'éloigne du lieu ; l'invitation cordiale qui n'était qu'un geste de bienséance et de courtoisie va se perdre, se disloquer comme ce bois qui flambe encore dans l'âtre.

— Je vais être placé à Caen !

Il est content de faire diversion, de capter les regards, même celui de sa mère qui enfin sourit.

— A Caen ? demande Judith, mais que vas-tu faire là-bas ? On dit que les meuniers n'embauchent pas...

— Je vais apprendre à faire le pain rue Caponière, chez Bellery.

— Il veut bien le prendre et le nourrir, dit Catherine.

Elle prend le gobelet, y trempe prudemment ses lèvres.

— C'est bon.

Elle a faim et soif à présent ; l'engourdissement s'éloigne, la délivre de son carcan ; soleil après pluie, chaleur après froid, elle pense à Michel, à son parrain, l'abbé, qui lui a promis un bel avenir :

« Placez-le à Caen chez Louis Bellery, je lui ai bien parlé du petit, de ses capacités en calcul, il veut bien le prendre pour six mois, un an, après on verra, c'est selon... »

Marin était content. « Tu vois, Catherine, Michel apprendra un bon métier, il ne reviendra pas souvent au village mais la ville, Caen ! Tu imagines ? » Il l'avait serrée contre lui, avait agacé son menton d'un doigt taquin, enjoué.

« Tu feras bien attention ! » Catherine et ses recommandations maternelles avaient bien sûr enveloppé Michel avec tendresse et fierté devant ce fils qui lui restait. Mais c'était aussi pour elle-même, pour ne plus connaître ou ne pas retrouver le vertige de la perte, semblable au vent d'ouest quand il se déchaîne, faisant tout ployer sous lui, empêchant même de respirer. Judith, son père Pierre Hamel et sa mère Geneviève entourent la table. A Caen ! voilà qui n'est pas banal, bientôt tout le village le saura. « Le p'tit Cantelou, le filleul de l'abbé et petit-cousin du capitaine... il va apprendre à boulanger à Caen ! Bellery s'est un peu fait tirer l'oreille, certes, mais l'abbé a été convaincant et vous pensez, s'il avait refusé, quel affront ! Ça se serait tout de suite su dans sa clientèle... »

Hamel offre du pain de blé noir sur lequel une couenne chaude a glissé, parfumant et ramollissant la mie compacte, Judith coupe un gros oignon en lamelles.

— Avec le vin, dit-elle, c'est encore meilleur, vous verrez !

Tous assis, ils partagent le frugal repas de l'amitié ; pas de festin ni de mets recherché, c'est le geste et le lien qui prévalent, qui rendent à Catherine un peu de sa vie enfuie avec l'Ankou et son terrifiant voyage à travers bois et landes, villages et hameaux... Elle rosit, redemande un peu de vin en s'excusant de son audace mais Geneviève et Judith l'encouragent :

— Prenez donc, Catherine, servez-vous ! Et toi aussi, Michel, tu seras bientôt un homme !

7

Dès les premiers jours de l'été, Michel ira à Caen ; c'est décidé. Seule Marguerite restera à La Ferrière. Pour l'instant, elle apprend quelques rudiments de lecture et de calcul, mais bientôt elle triera le chanvre, tamisera la farine du meunier ou jardinera comme les autres enfants de son âge, jusqu'à ce qu'elle puisse cuire le pain ou préparer les repas. Ainsi le dit Marin qui organise la vie des siens. Avant, il n'aurait pris aucune initiative sans en parler d'abord à Catherine mais depuis quelques mois, elle vit près d'eux, les accompagne, distante malgré elle, insaisissable. Marin a souffert de la voir se transformer de la sorte. Que se passait-il donc dans sa tête ? Derrière ce front où le « v » du souci, de l'épreuve, s'accentuait de jour en jour entre les sourcils ? Il a tout essayé, de la tendresse à la colère, préparé même une petite fête à la mi-carême avec un lièvre braconné, au risque d'être envoyé aux galères... Et ce voyage avec elle à Caen qui lui a coûté ses deux plus belles poules, le rouet de sa mère et la coupelle en argent qu'il avait subtilisée au presbytère mais qu'il gardait en prévision d'un coup dur. Il a tout vendu pour elle, pour le seul désir de la voir s'animer, sourire comme autrefois. Mais rien. Elle a gardé ce regard d'absente, ces yeux de captive qui se résigne avec de brèves interruptions pendant lesquelles pourtant il a cru voir revenir les jours d'avant, même ceux de peine ou de misère mais avec cette complicité qui les tenait, ce sentiment profond de partage et de force dont il ne s'apercevait plus tant il était présent. Il s'est acharné à construire un nouvel horizon, silencieusement blessé de la voir presque indifférente ou feignant un bonheur qui retombait si vite... Bien des fois il est parti, marchant seul ou allant manier l'outil avec la régularité, l'habitude qui laissent à l'esprit le pouvoir de réfléchir, de s'abstraire. Marin pensait, s'inquiétait : « Mais pourquoi, pourquoi ? » Il savait bien, lui, le farouche, l'obstiné, il savait bien que le chagrin, comme la fatigue ou la maladie, se dompte, qu'il suffit parfois d'un bol de soupe chaude ou d'une tranche de lard pour que tout devienne plus facile et que le corps reparte si on le veut, si vraiment on le veut. Mais Catherine, que voulait-elle maintenant ? Etait-elle même capable d'émettre un désir ? Il l'avait souvent prise doucement contre lui, enlacée comme au temps de leurs fiançailles lorsqu'il la sentait devenir toute tiède d'un seul coup et qu'il avait l'impression qu'elle allait fondre dans ses bras, ronronner comme le chaton qu'il lui avait un jour offert. Mais chaque fois elle s'était crispée, comme paralysée d'effroi, prête à crier, les yeux fixes, plus dure que les rochers de leur terroir. Visiblement, elle redoutait le moindre contact avec lui, se recroquevillait à l'extrémité du lit, acceptant même le froid des nuits sans feu, pourvu qu'il la laissât. Peut-être maladroitement, Marin avait persévéré jusqu'à la caresser pour tenter de l'infléchir mais en pleine nuit, avec cette sorte d'horreur qu'elle ne contrôlait plus, elle l'avait mordu, griffé jusqu'au sang, et lui, de fureur, par deux fois, l'avait giflée. Un court affrontement qui les avait fait veiller jusqu'à l'aube, l'un et l'autre perclus par la souffrance avec en plus pour lui, mais venue longtemps après, une part de pitié qui lui amenait des larmes.

Peu à peu, Marin avait donc dû s'y habituer, elle ne voulait plus de ses étreintes. Depuis la dernière nuit de veille auprès de la petite Anne, Catherine avait doublement pris le deuil, se refermant sur elle-même, se desséchant.

Michel aussi avait vite décelé la transformation : « Papa, tu as vu ? Elle va rester tout le temps comme ça ? » Dès que c'était possible, il courait derrière son père, le rattrapait dans un chemin creux ; les questions surgissaient alors avec le ton anxieux, les yeux presque ronds. Marin l'avait rudoyé plusieurs fois : « Mais non, ça ne te regarde pas, c'est ta mère, c'est tout ! » Mais il avait réalisé que son fils était son seul allié et qu'il avait bien grandi et mûri... Alors, il avait accepté de parler d'elle, de ses absences, de ses silences qui devenaient de plus en plus longs, à tel point que parfois il leur arrivait de s'étonner de sa présence tant elle se faisait oublier. Catherine, le centre des propos qu'ils échangeaient, assis sur l'herbe à peine sèche des sentiers, à l'ombre d'un orme ou sur un talus. Ils découvraient l'un et l'autre combien elle leur était devenue indispensable dans sa nouvelle fragilité.

Seulement, pour Marin, restaient le corps et l'envie de sa peau qui venait en son temps le tarauder. Parfois, à cause de sa façon d'être proche ou lorsqu'il en avait trop parlé, il cherchait le moyen de la sortir de lui, d'écarter le trouble qu'elle provoquait sans le savoir et qui, justement, se renforçait par cette ingénuité. Il fuyait. A l'auberge de l'Embranchement, on trouvait des filles et si aucune ne lui plaisait parce qu'il les aimait un peu grasses mais sans mollesse, son ami Guéroult, le sabotier, lui indiquait des maisons à Villers car les filles qu'on rencontrait sur la grand-route préféraient les écus des voitures armoriées ou la prestance des uniformes. Il se retient maintenant, s'économisant pour ces rares moments, ou se cache dans la remise, dérisoire, plus bestial que les volatiles qui sautillent, volettent, indifférents ou à peine effrayés. Derrière le foin et le bois, et cela lui fait un rempart naturel, rassurant, quand au petit matin ou au milieu de la nuit il s'éveille, le bas-ventre tendu vers un désir imprécis, né peut-être d'un rêve que l'œil qui s'ouvre dissout immédiatement et dont il ne reste que cette réponse du corps, presque saugrenue. Marin se pose là, sans honte, juste rancunier envers celle qui se refuse et qu'il ne comprend pas. Il a même cru, mais trop naïvement sans doute, qu'elle aurait un enfant de leur dernière étreinte. Il s'imaginait ainsi qu'elle changerait et qu'en quelque sorte, cette naissance lui donnerait raison. Lui qui n'avait jamais fait attention à ces choses, devint attentif. Le premier mois, il guetta les signes annonciateurs, se prit à surveiller le linge, celui qu'elle employait pour elle. Un mois passa, puis un autre, il savourait sa victoire. Mais au cours du troisième, il découvrit les taches sur la toile et en pleura.

De ce jour, il sut de façon définitive que rien ne serait plus jamais facile, même s'il avait gardé en lui l'infime espoir de jours meilleurs. Il répète à Michel :

— Toi, tu feras mieux, tu iras plus loin, il le faut !

L'ordre est donné, le fils qui lui reste porte en lui le sang et la réussite.

— Regarde le capitaine, tu as vu ? Les terres, les chevaux, la ferme et l'appui du roi...

Marin désigne une rangée de hêtres touffus qui délimitent un bois.

— Là-bas, il a tout et en plus les honneurs ; quand il me rencontre, s'il est avec d'autres officiers, il se détourne !

Marin s'interrompt un instant, rit brièvement, moqueur...

— Il a emmené Jacques, tiré sur nous au presbytère...

Sa gorge se serre.

— Tu feras mieux que lui, n'est-ce pas ? Mieux que moi...

Michel cueille quelques pissenlits. Ils se trouvent à une demi-lieue de la maison et il fait beau. Le vent roux, celui du sud, courbe les avoines et les orges des champs, il souffle depuis la veille, asséchant les mares que les dernières pluies ont laissées.

— Je prends aussi de la bourrache, dit Michel, c'est bon pour les reins.

Difficile de suivre tout de suite la route tracée par son père, « faire mieux ». François Richard l'avait dit aussi : « Nous en sortir », et il était vite parti, quittant la campagne pour la ville. Michel hésite. Son parrain, le seul qui s'arrête souvent chez eux, lui a bien dit que ce n'était qu'un apprentissage, alors...

— J'essaierai, promet-il à son père.

Il se revoit, attiré par la grand-route, posté près d'une borne milliaire où il regarde, regarde encore. La richesse des diligences, les femmes aux robes si précieuses, dentelles et bijoux, cheveux enrubannés, des apparitions qui l'étourdissent et dont il a noté les jours, les heures de passage. Mais la route, c'est également et plus souvent les convois de galériens, les attelages, les troupeaux de moutons, plus rarement de vaches, les charrettes où s'entassent les fourrages ou les tonneaux, deux mondes opposés qui se croisent, se rencontrent sans jamais fusionner.

— Et si un jour j'avais une boulangerie ?

Il formule un rêve, secoue la tête comme pour s'obliger à revenir sur terre. Marin écoute, s'arrête d'arracher des simples et des plantes sauvages.

— Tu l'auras, dit-il, je ne serai peut-être plus là pour la voir, mais tu l'auras !

Michel se tait. Alors lui, un jour, fournirait le pain aux belles dames et aux gens simples ? Il fixe un merle qui vient de se poser sur un châtaignier tout proche, l'oiseau s'ébroue, sa petite tête faisant un tour presque complet à une vitesse vertigineuse avant de s'envoler à nouveau, oublié. Michel pense au pain, c'est lui le lien qui les réunit, les réunira tous au-delà de la pauvreté ou des richesses. Un rêve qui, peut-être, ne tiendra pas, s'envolera comme le merle, à moins que la parole du père ne soit la plus forte, à moins que les misères déjà trop côtoyées ne renforcent le désir de s'élever. S'élever... Encore l'image de l'oiseau : rester ou voler, descendre ou monter, un choix qui doit se faire. Michel suit la fuite du merle, les yeux dans le ciel bleu et blanc avec cette indicible mais poignante certitude que quelque chose va changer.

8

C'est par un matin de grand soleil qu'il quitte les siens, dépourvu de tout bagage. Trop pauvres, les Cantelou, pour se permettre des habits ou des sabots de rechange ! Michel se dirige vers la Seulline, une dernière visite aux endroits qu'il préfère, où il lui arrivait souvent de jouer avec des camarades d'école. Un pan de vie qui tombe. Bientôt il sera seul à Caen, d'autres motivations vont à présent le faire avancer. Il aime pourtant ce pays, ses combes sauvages, ses bourgades claires aux pierres chaudes, ses champs en triangle bordés d'aubépines et de mûriers-ronces et l'incroyable petit peuple, misérable, affairé, qui s'efforce coûte que coûte d'arracher le maximum au sol dur, siliceux, à peine enrichi de cendres d'ajonc et parfois de chaux. Il l'aime avec cette naïveté qu'ont les êtres simples, cette façon d'appréhender les choses sans méfiance ni recul. C'est une faculté qu'il ne mesure pas même si, depuis le sac du presbytère, il a découvert la faiblesse des hommes et leur cruauté, car il n'a pas tout à fait oublié. Louison et Sarah, qui ont eu leur part de souffrance, vivent maintenant de mendicité, de vols... et, dit-on, en se faisant payer pour leur corps.

Certaines réputations par ici sont lourdes à porter, fabriquées parfois de toutes pièces, tissées plus aisément que le chanvre autour du rouet. Un jour, elles raconteront, elles parleront pour être entendues et comprises et elles n'auront plus peur, et lui et d'autres aussi, à leur tour, dénonceront les atrocités que l'oppression permanente a fomentées. Et Louise reviendra… et Jacques, et l'enfant qui a dû naître et qu'on leur a enlevé. Tous ensemble, libres, dignes, enfin.

Marin lui a donné une bourrade : « Fais-nous parvenir des nouvelles, tu reviendras quand tu pourras… » Il s'est détourné assez vite, emmenant Catherine, silencieuse et grave, qui tenait Marguerite en pleurs. Le corps maigre, voûté de Marin semblait celui d'un vieillard. En le découvrant, Michel eut cette vision soudaine du temps dédoublé : le passé et son empreinte acérée comme un soc mord la terre des labours mais sans promesse, laissant le sol entamé, creusé pour rien, et l'avenir que lui, Michel, portait désormais seul car Marguerite n'avait pas encore assez vu ni compris.

Il marche, choisit de suivre la grand-route. Un roulier s'arrêtera peut-être ? De toute façon, il lui faut quatre ou cinq heures avant d'arriver. Il croise quelques marchands ambulants, François Brunet le châtreur qui le salue ; la chaleur est douce et les tiges des camelines sont déjà hautes dans les champs. Sous le plein soleil, des portes de fermes s'ouvrent, Michel reconnaît des têtes familières. « Alors, ça y est, tu pars ? » entend-il. Ils savent tous, du sabotier au meunier, de l'aubergiste au maître d'école… Michel passe, rit. Tout bas, il se murmure à lui-même l'adresse et le nom de son employeur : « Bellery, rue Caponière », il répète les trois mots dans l'ordre puis seulement le nom de la rue en détachant les syllabes, « rue Ca-po-niè-re ». Il court, turbulence de l'enfance encore proche, ou s'écarte vivement de la route pour se protéger d'un carrosse rutilant. Bientôt, il voit la dernière chaumière, celle d'Auguste Marie dit « Bavette », resté seul avec ses quatre enfants depuis la mort de sa femme. Voilà deux ans qu'elle fut renversée par une chaise-poste derrière les champs d'été. Noblement, le propriétaire-voyageur avait payé l'inhumation et donné une bourse d'écus sonnants ! Mais c'était mal connaître ce coquin de « Bavette » qui s'empressa de tout dépenser en faisant la noce. Résultat : ils vivent d'aumônes le plus clair du jour ; quant à l'aînée, la Jeanne, mise en condition chez quelque gros propriétaire, on la retrouve invariablement dans le fossé, chaque dimanche soir, « plus ronde qu'une barrique », raconte l'aubergiste en s'esclaffant, lui qui remplit les verres qu'elle ne sait plus refuser... Après avoir longé les champs du capitaine Cantelou, les prés où paissent ses cinq vaches aux larges flancs, Michel aperçoit près de la route la toile sombre d'une jupe dépassant d'un vieux chêne. Il ralentit, se demande qui peut être là, caché, attendant vraisemblablement quelqu'un, sans doute un rendez-vous d'amoureux... il se promet de taquiner la belle en passant, avec l'assurance de celui qui se sent libre. Mais la surprise casse net sa désinvolture.

Une ombre chinoise se détache devant lui, grandie par le soleil haut derrière elle et qu'il perçoit mal d'abord, aveuglé par la lumière et doutant du pressentiment qui l'étreint...

— Oui, c'est bien moi, dit-elle, Louison !

Autour d'eux, la campagne est calme, fleurie et fertile avec cette luxuriance que l'été fait naître chaque année et qui semble pourtant si difficilement remémorable ces jours d'hiver où la disette sape sur place les plus faibles, les emportant aussi simplement que le « nordé » soulève les feuilles.

Elle a contourné l'arbre, une main sur le tronc, l'autre relevant sa jupe effilochée, rapiécée, dévoilant des sabots en piteux état.

— C'est moi...

Peu à peu, Michel voit le visage ou du moins ce que les longs cheveux ternes, mal attachés, laissent entrevoir, des cicatrices blanchâtres sur la figure sale que la poussière et la crasse ont marbrée. Stupéfait, il n'ose rien faire, restant là, bras ballants avec cette peur qui monte en lui, plus torride que le soleil et qui assèche son palais, sa langue, le fait péniblement déglutir. Elle avance lentement vers lui, son regard noir menaçant, allumé d'une fulgurance intérieure. A quelques pas de Michel, elle s'arrête enfin.

— Tu t'souviens ?

Ses mains se crispent, froissent la laine de sa jupe, elle penche la tête, fixe intensément Michel avec cet air de folle qu'elle avait au presbytère.

— Je pars, dit-il vivement, inquiet qu'elle aille plus loin, qu'elle l'empêche même de rejoindre la ville.

Mais Louison tord à présent ses mains l'une contre l'autre, les jointures craquent et ses yeux sont rivés à la plaine et aux collines souples qui délimitent l'horizon derrière lui.

— Je pars à Caen, répète Michel, étonné des expressions qui se succèdent sur le visage de celle qu'il n'a pas revue depuis...

Elle rit maintenant, bouche à moitié édentée, aux chicots noircis, pareille à toutes les bouches d'ici passé l'adolescence. Elle rit, plonge la main dans son corsage et la ressort fermée sur quelque chose.

— J'ai ça pour toi !

D'autorité, elle place alors un petit objet rond dans la main de Michel.

— Une médaille ?

— Je l'ai prise dans une commode chez le prieur, elle est pour toi ; merci de n'avoir rien dit mais j'peux plus vivre comme avant...

Michel la voit se mettre à trembler, s'accroupir sur le sol lentement, comme si ses jambes ne la portaient plus.

— Je ne regrette rien, dit-elle encore, mais il m'observe, m'épie jour et nuit, il est partout...

Elle se cache la figure dans les mains, sanglote, pitoyable sur ce talus tapissé de fougères et d'aubépines. Michel écoute, silencieux. Il s'est assis à son tour, les bras appuyés sur ses genoux, ne comprenant pas ce qui lui arrive tandis qu'elle pleure toujours.

— C'est rien, c'est rien, répète-t-il pour la calmer, ne sachant que faire.

— Parle, supplie-t-elle, dis-moi quelque chose !

Ses larmes ont dessiné d'autres traînées sur son visage, accentuant l'étrangeté, la laideur pourtant envoûtante des traits.

« Comment arrêter tout cela ? » se demande Michel. Se lever, l'abandonner ici dans les herbes et la lumière, se détourner de son malheur et ne plus penser à elle. Et la médaille ? Il ouvre la main : une tête de Vierge en relief bombe une face, on dirait de l'argent, tout autour une inscription latine est gravée : *« Ora pro nobis. »* A la messe du dimanche, il a souvent entendu ces mots-là.

— Elle te plaît, hein ?

La Louison ne pleure plus. Elle renifle comme un enfant morveux, s'essuie les yeux du revers de la main puis se passe le nez dans une manche de son corsage en toile. Elle voudrait tant qu'il dise quelque chose, cet adolescent blond aux cheveux frisés, aux yeux pâles ; quinze ans ? « A peine, pense-t-elle, pourtant l'homme est déjà là, on le sent, ce duvet qui court près des joues, ces épaules qui s'accusent et ces mains carrées, épaisses, des mains de fils, de petit-fils de paysan, des mains pour le travail, pour la terre mais aussi... » Elle interrompt ses pensées. Michel sourit.

— J'veux bien la prendre, mais pourquoi moi ?

Ils se regardent maintenant, bien en face, alors elle ose, touche une boucle sur le front, non, il ne dit rien, attend. Elle ouvre la main plus grande, la déploie sur les cheveux puis descend vers la nuque.

— Tu es beau, dit-elle.

Michel ne bouge pas, interloqué par le geste et les paroles, voilà qu'elle palpe le cou puis sous la toile, la peau chaude du dos, des épaules... Il n'a jamais senti cela. Ce frémissement du corps qui répond aussitôt, ce trouble aussi avec l'effet d'un feu qui vous embrase. Elle est à présent dans l'échancrure de la chemise, ses doigts caressent la poitrine encore frêle.

— C'est doux, dit-elle et soudain c'est l'autre main qui arrive, dénoue le nœud du lacet qui ferme la culotte et glisse, précise, vers le sexe court et dur.

Mais il crie. La honte et l'affolement se bousculent en lui, il la repousse violemment, la rejette sur le côté.

— Putain, putain !

Il a envie de la frapper, il la hait pour ce qu'elle vient de faire. Il la hait doublement pour son audace et la semence répandue. Il s'agite, se lève. Et si on les avait vus ? La Louison cherche à l'attraper, le retenir :

— C'était bien, hein ?

Elle agrippe un de ses sabots, le tient de toutes ses forces, enragée :

— Puceau !

Mais, plus finaude, plus perfide, se reprend, essaye de l'amadouer :

— Laisse-moi faire, tu verras, laisse-moi...

Elle veut dompter le jeune animal qui se cabre en lui, l'adoucir. Mais c'est trop pour Michel, trop pour aujourd'hui. Il lui décoche un coup de pied qui lui fait lâcher prise, se tordre, puis il court vers la route, mal assuré, étourdi comme un poulain qui vient de naître. Il lui a jeté en pleine figure la médaille, dernier acte de mépris envers cette diablesse qui hurle « Reviens ! » à genoux dans l'herbe foulée, écrasée, et qui tombe tête en avant avec des hoquets de rage.

9

Il s'est retourné plusieurs fois. Plus forte que la peur, il a retrouvé la panique qui l'avait submergé lors du saccage du presbytère. Il s'imagine qu'elle peut le suivre, il sent encore sa main experte au plus secret de son corps, partagé entre le dégoût et cette curieuse jouissance incontrôlable. Attrayante et repoussante, cette femme lui semble pire que le Malin. Non, personne ne l'a suivi, ne le suit. Il se libère peu à peu, retire ses sabots pour tremper ses pieds dans les ruisseaux qu'il rencontre, se désaltère aux fontaines, laisse les filets d'eau couler sur sa nuque et son torse, là où vit encore la brûlure des doigts. Il se lave d'elle, de l'émotion, de la frayeur, il se veut autre.

Brève illusion. Il respire à fond au rythme de ses grandes enjambées, espérant voir apparaître très vite les clochers, les tours des abbayes de Caen dominant les plateaux alentour. Mais Michel a du mal à ordonner ses pensées, à discipliner son corps encore tremblant.

Vers quatre heures, il rejoint enfin les pavés de Bretteville. Il se faufile parmi les voituriers qui mettent pied à terre, à cause des cahots. A cette heure, il faut éviter la côte de Venoix trop raide sous le soleil. Sagement, Michel passe par la vallée de l'Odon toute bruyante du travail des tanneurs et des mégissiers. Il longe les hautes remises dont les greniers à claire-voie permettent aux peaux et aux cuirs de sécher ; puis c'est la rue Saint-Ouen avant de déboucher sur la petite place du Bon-Sauveur. Il s'assoit sur un muret, repose un instant ses pieds gonflés par la marche. L'animation qui l'entoure l'assomme : cris de marchands, roues et sabots, groupes de gens qui le frôlent, aboiements de chiens errant dans ce tohu-bohu ; la nouveauté du décor le soûle de bruits et de pas.

Dire qu'il va lui falloir s'habituer, plonger dans cette foule, devenir familier de ce qui change plus vite que les reflets de lumière sur les eaux de la Seulline... Un ouvrier tisserand sortant d'une cour lui indique le chemin à suivre :

— C'est juste en haut à gauche quand tu auras dépassé le couvent des augustines.

Michel repère la boutique grâce à son enseigne : une tourte de pain posée sur une pelle. Entre la botte d'un cordonnier et les ciseaux d'un barbier, elle occupe le rez-de-chaussée d'une maison à deux étages, dominée par les tours de l'Abbaye-aux-Hommes.

— Tu tombes bien ! dit Bellery en guise d'accueil, les blés viennent d'arriver aux halles.

Le boulanger, petit homme rond au torse nu, est couvert de poussière grise. Il tire des sacs pleins, la figure rouge sous l'effort ; autour de lui, la pièce a l'air d'être à son image : plancher aux dalles enduites de farine que le moindre mouvement fait voler. Dans un coin, des paniers en osier abritent quelques tourtes, sur une étagère fixée au mur s'alignent des poids de fonte et de cuivre en forme de pyramides tronquées, marquées de fleurs de lis, symboles du contrôle royal. Rien qui respire ici la richesse ou même l'aisance. Bellery se redresse, se tourne vers Michel.

— En fait, les réserves sont maigres, dit-il, on a peur des émeutes... Quand on a débarqué tous les sacs des voiliers à marée haute, une brigade de soldats empêchait les gens d'approcher, on n'a droit qu'à une demi-livre pour les hommes et les femmes en couches, moitié moins pour les autres et dix onces pour les enfants...

Le boulanger s'interrompt pour se gratter les bras, de fines particules se détachent, collées à la peau humide d'un récent pétrissage. Il esquisse une grimace.

— Avec tout ça, je ne peux pas te payer. Si tu travailles bien, je t'apprendrai ton métier et tu seras nourri, sinon tant pis pour toi, je n'aime que les courageux !

— Je veux bien rester, dit timidement Michel et, sans attendre, il s'empare d'un premier sac de grains de cinquante livres, le traîne vers une brouette qu'il poussera ensuite jusqu'au moulin de la Blanche-Herbe aux droits moins élevés que ceux de l'abbaye d'Aunay.

Cette façon de se mettre au travail, Bellery l'a tout de suite appréciée. Combien d'apprentis a-t-il vus défiler ici qui fuyaient, biaisaient les consignes ? Retards, vols, paresse... Tout était bon pour ne pas se soumettre à la dure loi du pain et de sa fabrication. Seul le dernier, le petit Huet, s'était montré un vrai mitron. Il avait tout, celui-là, de l'intelligence au courage, treize ans, petit et fin, agile comme une belette dont il tirait son surnom. Il avait régné deux ans sur la boulangerie et le mot n'est pas trop fort. Bellery et sa femme Opportune, une blonde aux formes plantureuses, encore assez belle après ses quarante ans, l'avaient adopté comme leur fils.

« Si tu continues, disait Bellery, tu seras mon héritier ! » Le petit Huet clignait un œil en riant : « Et si la patronne vous fait un petit, je s'rai Gros-Jean comme devant ! »

Bellery s'énervait gentiment : « Veux-tu bien te taire, coquin ! Tu sais bien qu'à notre âge, c'est fini ! Alors quoi, poursuivait-il un peu triste et surpris, tu ne veux donc pas de notre héritage ? » En bocain rusé, « la Belette » laissait planer le doute. Pourquoi dire oui tout de suite ? Il fallait encore attendre tout en jouant sur l'idée ; ainsi, de part et d'autre, rien n'était dû.

Un dimanche soir après une foire, il ne rentra pas. Le lendemain non plus. On s'enquit auprès de la famille qui demeurait assez loin, vers Saint-Lô. Pas de nouvelles. Les jours passèrent. Bellery engagea un apprenti qui fut rapidement renvoyé. Non seulement il ne fit pas l'affaire, mais le boulanger et sa femme pensaient toujours voir revenir la Belette. A chaque entrée dans la boutique, à chaque coup contre la porte, ils sursautaient : « C'est lui ! » Il leur fallut attendre jusqu'à un soir du dernier hiver, un soir de janvier plein de silence et de froid. Un garde vint leur annoncer le fait brut, sans ménagements : « On a retrouvé le corps du petit Huet sur un chemin isolé, non loin d'une gentilhommière de campagne, vers Bayeux. Un crime de fou, vous savez ! On a dû l'appâter avec de l'argent puis le tuer pour qu'il ne parle pas... J'prendrai bien un peu d'eau-de-vie de cidre, j'ai pas chaud ! »

Gobelet, liquide, claquement satisfait des lèvres. Et les deux malheureux à côté, effondrés, plus blancs, plus transparents que le liquide... La Belette, leur « p'tit », tué sur une route immaculée avec ces longs jours où les flocons ne cessaient de tomber. Blanc sur blanc et la mort toute noire qui l'avait frappé.

De ce jour, ils s'étaient juré de ne plus engager d'ouvrier mais Louis Bellery vieillissait, faiblissait. Il y eut des fournées ratées, la peur du déclin se profila, inquiétante ; alors Opportune écouta l'abbé Cantelou parler de son filleul. Un matin, elle prononça elle-même le nom devant Louis : « Le Michel, dit-elle, il paraît qu'il ne rêve que de ça, boulanger ! »

Bellery haussa les épaules : « Ils disent tous la même chose !

— Mais recommandé par l'abbé... Essayons de l'engager, nous verrons bien ! »

Louis céda, méfiant, à contrecœur : « Au premier pet d'travers, j'le mets à la rue ! » avait-il averti. Michel apprit cette histoire plus tard lorsqu'il gagna la confiance d'Opportune.

Bellery était dur, exigeant. Au fil des jours, des mois, il façonna Michel à sa manière. Les rares instants de répit pour l'apprenti se transformaient en siestes rapides à même la maie, pelotonné sur le couvercle de la longue cuve. Les nuits étaient courtes, trois, quatre heures de sommeil dans un coin du fournil sur quelques « pouches » entassées. Quant aux repas, ils furent grandioses les premiers temps : chanteaux rassis à volonté, soupe épaisse le matin avec lard un jour sur quatre et lait caillé le soir. Michel se délectait, même si son corps flottait un peu trop dans ses habits usés. Ce qu'il aimait, c'était le pas d'Opportune dans les escaliers, la rampe qui gémissait sous la main de sa patronne. « C'est l'heure », pensait-il. Elle entrait dans le fournil : « Tiens ! mon gars, aujourd'hui il y a des fèves et du gras de mouton... » Elle posait l'assiette entre un banneton et la balance. A l'automne, elle ajoutait une pomme ou une poire : « Dis rien au patron, j'l'ai prise en cachette ! » Michel remerciait, la mangeait précipitamment avant que Bellery ne descende à son tour, une demi-heure plus tard :

« Tiens ! parce que ton levain d'hier était correct, ça t'encouragera, je t'ai pris une pomme en plus, mais chut ! pas un mot à la patronne, sinon elle ferait vilain ! »

Michel feignait la surprise : « Oh ! non, c'est trop, il ne faut pas... » Il s'amusait à s'extasier puis dissimulait le fruit sous les sacs qui lui servaient de matelas : « J'la mangerai ce soir ou demain, elle sera encore meilleure... » Il aimait voir l'air entendu de Bellery, un bon tour en vérité ! Michel retenait son fou rire, découvrait les cœurs tendres sous les carapaces.

Il écrivait à son parrain une fois par mois, racontait sa vie ici en l'enjolivant le plus possible. La lettre serait lue aux siens, peut-être aussi devant ceux du village, réunis pour la circonstance. Il imaginait le prêtre debout, lisant posément les phrases, détachant certains mots. Mais rien que pour son père qu'il savait au bout de ses jours, pour Catherine devenue si étrange, pour le travail qu'ils devaient tous deux arracher encore au temps malgré l'aide de Marguerite, il voulait que tout fût beau, parfait. De quoi les faire rêver.

Il taisait les longues heures de travail harassant, l'entretien de la boutique et du fournil, les sacs de grains à décharger quand les bateaux accostaient dans le port. Il devait alors traverser les rues étroites aux pavés disjoints où la brouette manquait de verser des dizaines de fois. Juste le temps de regarder quelques échoppes, de dire un mot aux dentellières qui, par beau temps, brodaient devant leur porte, ne pas s'attarder surtout près des marchands d'« oublies » proposant pâtisseries ou rafraîchissements, trop chers ceux-là et trop tentants ! Michel tirait sa brouette jusqu'au bassin Saint-Pierre. Là, se tenaient les vraies merveilles. A la vue des grands voiliers, amarrés au quai, il s'immobilisait. Une autre vie, un autre horizon venaient à lui. L'odeur nouvelle d'abord insolite qui presque malgré lui faisait gonfler ses narines, entrait dans tout son corps, vivifiante et profonde. Michel s'amusait à fermer un œil, comme cela il ne voyait plus que l'eau gris-vert, les voiles se détachant sur le ciel argenté, larges triangles blancs que le vent soulevait, boursouflant la toile entre les mâts dardés. Ce vent si violent que Michel prenait peur : « Il va les déchirer », pensait-il. Alors il ouvrait grand ses yeux, les levait vers ces boucles de nuages qui se chevauchaient, scrutait le laborieux vol des mouettes contre les bourrasques tourbillonnantes avec leurs cris en écho des vagues heurtant les pontons de bois. Il en attrapait mal au cou, au dos, de rester ainsi le front pointé vers le ciel. Seule la sirène avertissant du déchargement proche des marchandises le ramenait à sa tâche.

10

Il retourna une fois chez les siens. C'était un lendemain de Pentecôte, avant le terrible hiver de 1788 et tout ce qui s'ensuivit. La veille, il avait participé pour la première fois au traditionnel cortège des métiers. Partis de l'Abbaye-aux-Dames vers l'Hôtel-Dieu où l'on déposait les deniers aux pauvres collectés pendant l'année, tous les habits avaient un air de neuf sous le plein soleil. Les bannières de chaque confrérie claquaient entre les chants et les musiques, la pourpre et l'or dominaient parmi les fleurs, les tissus, les décors des façades, se propageant dans la foule des fidèles conduite par le clergé. Cette année-là, Louis Bellery avait obtenu le privilège de porter la bannière de saint Honoré, patron des boulangers. Opportune le suivait, rose, fière, chantant à pleine gorge, les mains croisées sur ses seins volumineux que la marche et l'effort vocal agitaient sous la lisière du corsage. Se détournant peu à peu ou plutôt s'abstrayant de l'atmosphère sacrée, Michel, ébloui, contemplait cette masse laiteuse et ronde qui l'avait fasciné dès le premier abord. Il avait souvent dû se raisonner pour ne pas glisser sa main lorsque Opportune, sans méfiance, se penchait devant lui.

Le même trouble l'avait repris, éloignant soudain tout ce qu'il y avait de vivant, de coloré mais aussi de pieux dans ce défilé. Et il n'avait plus eu que cela en tête, toucher la chair soyeuse, caresser ce qu'Opportune Bellery offrait à tous les regards sans même s'en apercevoir.

A mi-parcours, le souvenir de la Louison se superposa aux seins d'Opportune. Bientôt les images se mêlèrent, des sensations revinrent. Il prit conscience de ce désir en arrivant à l'Hôtel-Dieu. Il eut honte. Comment lui, ici, entouré d'hommes, de femmes, d'enfants pris par la chaleur de leur foi, offrant à Dieu leur ferveur religieuse dans un jour éclatant, comment lui pouvait-il ?... Mais l'argumentation ne tenait guère devant le velouté de la peau qui tressautait et les doigts de Louison dont il n'avait pas oublié l'audace. Il sentit entre ses jambes la chair se tendre, en même temps l'affolement passé revint. Il ne pouvait plus échapper au réveil de la sève, en étouffer sa montée.

Devant le portail de l'hospice, on présenta un reliquaire à la foule : un morceau d'étoffe du manteau de saint Martin. Tous les genoux fléchirent et c'est au milieu de la vénération collective que Michel s'aperçut une fois de plus qu'il était bien devenu un homme.

Il avait retardé le plus possible son retour au pays. Grâce à son parrain, les nouvelles arrivaient régulièrement, assidues. Michel avait la chance de savoir lire, il y mettait le temps certes, suivait de son index les lignes à l'encre noire sur le papier cacheté, mais il en avait droit au respect.

« C'est l'abbé qui écrit ! » disait Opportune. Elle tenait la lettre des deux mains, l'offrait à Michel dans un geste presque solennel entouré de silence. Elle attendait. Peut-être allait-il découvrir quelque chose d'extraordinaire ? peut-être aussi un de ces mauvais événements qui vous mettent le cœur à l'envers ? Elle reculait dans le fond du fournil, s'arrêtait au bord du four sans prendre garde à la chaleur.

« Tu n'la lis pas ? »

Michel comprenait. Le plus souvent, il s'essuyait les mains dans une toile, soigneusement, comme s'il craignait de souiller l'envoi. Il la voyait, elle, un peu plus loin, l'œil intéressé, les mains tripotant un bout du tablier, se taisant mais tout son corps parlait pour elle : « Qu'il se dépêche, qu'il fasse vite ! »

Il achevait enfin sa lecture. « Non, madame Bellery, y a rien de bien nouveau. L'ânesse des Lefortier a mis bas et l'on s'apprête à récolter le chanvre. Vous voyez ! » Elle avait un petit mouvement de la tête comme un merci qu'elle ne voulait pas dire et promptement tournait sur elle-même, ses sabots crissant sur le plancher.

De temps à autre, l'abbé Michel Cantelou se déplaçait. Il avait profité trois ou quatre fois d'une visite à Caen pour se rendre à la boutique. A chaque entrevue, c'était une fête. Les Bellery le faisaient entrer dans leur salle à manger du premier étage : « Venez donc prendre quelque chose ! » Michel aussi était invité, il lavait la semelle de ses sabots à l'eau claire, disciplinait ses cheveux. Là-haut, il avait soin de tenir son bonnet à la main, gêné dans cet appartement où rien pourtant n'avait de grande valeur. Mais lui, la ferme, la terre, ce qui l'avait bercé du court chemin de leur grande salle à l'huis s'ouvrant directement sur la campagne, il le portait comme son sang, au cœur même de sa vie. Tout allait bien, entendait-il, on était content de lui, enfin juste assez pour qu'on le garde mais ce métier-là ne s'apprend pas en un an ou deux.

« Il faut y aller par paliers, disait Bellery. Vous comprenez, monsieur l'abbé ? Il a des capacités, votre petit, c'est sûr, mais... » L'une des mains s'élevait, retombait un peu lasse, tandis que le pincement des lèvres sous-entendait des choses que Michel ne saisissait pas. « Mais quoi ? » se demandait-il. La patronne riait : « Oh ! oui, il a encore beaucoup à apprendre. – Je compte sur toi et tes parents aussi », concluait inévitablement son parrain. Il prenait un air grave avant de continuer, hochait lentement la tête : « Ton père est bien moins vaillant qu'avant et ta mère... » Un silence s'installait, puis : « Elle n'a malheureusement plus toute sa tête, qui sait ce que le bon Dieu lui réserve ? »

Il se levait sans attendre, embrassait Michel désorienté, remerciait les Bellery de leur accueil : « Je me sauve, j'ai deux baptêmes à préparer, merci mes bons. Je reviendrai ! »

Le noir de la soutane s'enfonçait dans la rue parmi les nombreux passants.

C'était justement de la retrouver que Michel avait peur. Sa mère, la douce Catherine, meurtrie tant de fois, écorchée dans sa chair maternelle, devenue si vulnérable qu'elle se laissait envahir par la folie. « Le refuge des âmes simples », disait l'abbé, oui mais pour ceux qui l'entouraient ? Pour Marin, qui traitait comme une enfant cette innocente ? Et pour Marguerite, qui à treize ans s'en occupait comme une mère ? Voilà bien le paradoxe que Michel redoutait d'affronter, ce renversement des valeurs ou plutôt des liens, le désordre qui avait tout bouleversé en effaçant la présence maternelle sous leur toit.

Il s'y rendit quand même, poussé par le devoir mais plus encore par la curiosité.

Le village n'avait pas vraiment changé. Naissances, décès, maladies, rien que le lot naturel apporté par les saisons, réparti entre les familles à la façon dont on jouait aux cartes à l'auberge. Mais chez lui ! Lorsqu'il poussa la porte, il ne vit qu'elle. Une forme courbée, assise sur le sol, dodelinant près de l'âtre où crépitaient des branchages malgré l'été. Puis il entendit ce lent grincement sur deux tons qui courait dans le silence, semblable au bourdonnement interminable des mouches qu'il capturait autrefois dans des boîtes et dont il arrachait les ailes d'un coup sec. Pause, lente inspiration puis de nouveau le fredonnement précis comme ces automates dont on remonte le mécanisme avec une clé. Catherine se recroquevillait là du matin au soir, ne pouvant rien faire d'autre qu'émettre cette sorte de plainte dont Michel reconnut tout de suite le début : la berceuse qu'elle chantait pour Anne, qu'elle avait aussi chantée pour Charles.

Il dut avaler sa salive, s'armer de courage pour la toucher à l'épaule. Elle leva son regard noyé, sembla hésiter puis ne fit plus attention à lui.

— Elle est tout le temps comme ça, dit Marguerite.

Michel ne s'attendait pas à ce froid qui le transperça. Il voulait dire « Maman » et qu'elle en frémisse, qu'elle ait cet éclair de conscience qui l'aurait secouée de sa torpeur, mais en voyant sa sœur qui approchait la cuillère de soupe pour la nourrir, en entendant ses mots : « Aide-moi donc, tiens-lui la tête ! », il put à peine poser ses mains tremblantes sur les longs cheveux. Le soir, il pleura près de son père. Marin avait vieilli et blanchi. Assis près du chêne, il nettoyait ses outils, accablé.

— J'l'ai montrée aux guérisseurs, au curé, rien n'y fait. C'est une bouche à nourrir qui me coûte…

Il avait fini par lui en vouloir. Sa maladie lui était incompréhensible, ce mur qu'elle avait élevé entre eux, jour après jour, pierre après pierre, s'enfermant dans sa déraison, s'y liquéfiant en quelque sorte pour n'être plus que cette masse inerte, ce rappel constant des douleurs passées, il ne le tolérait plus.

Marin partait, buvait, bâtissait aussi sa déchéance sans même s'en rendre compte, persuadé que c'était elle la coupable, elle qui n'était plus bonne à rien. L'exaspération avait grandi jusqu'à la violence, il l'avait frappée en l'insultant : « Vas-tu parler, nom de Dieu ! », secouée de toute la force de ses bras : « T'as pas fini, dis ? T'as pas fini ? » Catherine roulait sur elle-même, gémissait comme un chien battu : « Frappe pas, frappe pas ! » articulait-elle puis elle ne parlait plus, gisant sur le sol sans défense, mains en couronne sur la tête.

Ce qu'il avait aimé au début : lorsqu'il pouvait encore en parler avec Michel, la fragilité, le glissement doux vers l'absence, les réactions attendrissantes de petite fille perdue, il avait tout rejeté ; pire, il souhaitait un dénouement rapide, une mort soudaine qui aurait arrangé ses affaires.

« J'pourrais encore trouver une femme ! » avait-il dit à Michel. Devant le sursaut de son fils, il s'était repris :

« Ta mère est vraiment mal, on craint pour sa vie, tu sais... »

Michel n'avait pas seulement perdu une mère et son enfance, il perdait aussi un père, les attaches tissées depuis quelques années, les projets dont ils avaient rêvé ensemble, la complicité.

Il était reparti vers la ville presque furtivement. Une pluie sombre enrobait les arbres, les herbes, gonflait la terre. Peu lui importait de marcher sous la pluie, de sentir le vent d'ouest hérissé le fouetter de l'eau tiède de juin. Marguerite l'avait embrassé, conduit jusqu'à la limite du jardinet alors que le jour encombré de nuages noirs ne parvenait pas à se lever derrière les collines. Elle frissonnait sous son corsage, maigrichonne et pâle, les cheveux collés de pluie : « Tu reviendras bientôt ? »

Son visage aux yeux si grands tout à coup, n'était qu'une interrogation intense : « Tu reviendras, hein ? » Elle agrippait d'une main un pieu en bois, de l'autre serrait la pouche en toile sur ses épaules. Michel eut mal. Mal pour elle de l'abandonner ici dans ce quotidien trop lourd, pour eux aussi qui se perdaient dans leur dérive et pour lui.

« Il faut me comprendre, j'aurai un bon métier... Je te sortirai de là, je ne serai jamais comme lui, non, jamais ! » Il avait crié, sangloté encore mais Marguerite si minuscule, si frêle alors que l'eau ruisselante plaquait sa jupe contre son corps sans formes, n'avait rien ajouté, baissant la tête, le regard vers la pointe de ses sabots troués où la boue s'infiltrait. Elle s'était détournée, le plantant là, lui et son chagrin, marchant vers leur maison à petits pas lents, les bras serrés autour d'elle, le front penché.

Il l'avait encore vue prendre du bois avant d'entrer puis elle avait disparu et il ne lui était plus resté que la grand-route et les rares diligences qui l'éclaboussaient au passage.

11

Il fait presque nuit lorsqu'il débouche rue Caponière. Triste voyage en vérité ! La saleté de la route, les flaques boueuses et la lassitude ont eu raison de ses forces. Il s'est arrêté souvent, profitant d'une grange ou d'une cabane pour s'ébrouer, se mettre un peu à l'abri. La faim était telle qu'il a même volé deux sous dans le tronc de saint Marcouf, guérisseur des écrouelles. Entré dans le petit oratoire pour regarder les nombreux ex-voto accrochés par des mains ferventes, il a dérobé ces deux sous que quelqu'un avait déposés là. Puis il a couru à perdre haleine, cherchant une ferme où personne ne le reconnaîtrait.

« J'voudrais du lait et un oignon pour deux sous ! » Il avait bu le bol de lait fraîchement trait, ramassé la crème en passant son index sur les parois de grès pour ne rien laisser, puis il avait mordu dans un oignon en s'éloignant. La maîtresse des lieux, une vieille femme sourde et obèse, avait attentivement examiné la pièce, elle lui avait ensuite choisi un oignon sec et germé qu'il avait refusé :

« Eh ! la vieille, pour deux sous j'ai droit à un oignon frais, sinon je les reprends ! »

En maugréant, elle lui en avait donné un plus rond, plus juteux, le forçant à partir : « Allez ! t'es servi, tu peux y aller... »

Il s'était retrouvé sur la route avec la pluie grise qui ne cessait pas, mais son estomac au moins le laissait en paix.

Il pénètre dans le fournil des Bellery sans faire de bruit. Il veut être seul et tranquille. La pièce sombre où le four n'a pas fonctionné depuis deux jours lui paraît froide. Il se déshabille complètement, étale ses habits pour qu'ils sèchent durant la nuit. L'intensité des émotions a été si vive qu'il s'endort très vite, blotti entre les sacs vides de farine.

Il rêve de sa mère, de Louison, l'une superposée à l'autre, s'y mélangeant comme le levain à la pâte sans pouvoir distinguer comment sont distribués les rôles.

Lorsqu'il ouvre les yeux, Louis Bellery est devant lui.

— Debout ! fainéant, les voyages ne te valent rien.

« Quelle heure peut-il donc être ? » se demande Michel. Par la fenêtre entrouverte, un rayon de lumière dessine un rond clair. Le soleil a repris son ardeur mais les toits luisent, mouillés du déluge de la veille. L'air qui entre a déjà la fraîcheur sensible de l'automne. Il entend sonner six heures au clocher de Saint-Pierre.

— Tu dois aller chercher la farine au moulin ce matin et tu n'as pas encore pris ta soupe !

Bellery le bouscule, mécontent du retard ; il craint que la pâte ne soit pas prête et que les clients s'en aillent.

Michel plonge son visage dans le tonneau d'eau de pluie qu'on laisse dans la courette, derrière le fournil : « Qu'est-ce qui m'arrive ? » se répète-t-il. Il s'asperge sans prendre garde au froid, agacé par son réveil tardif et les rêves qui l'habitent encore. Après l'avoir allongée d'eau, il avale sa soupe debout, les lèvres collées au bord de l'assiette, puis il s'empare de la brouette et sort.

Les rues animées par les rouliers, les coches et les ouvriers exhalent des senteurs aigres-douces. Le ciel bleu ne va pas tarder à se couvrir car le vent de la mer malmène les coiffures, soulève les enseignes métalliques avec des cliquetis secs, et des mouettes planent sur le cœur de la ville.

Son séjour à La Ferrière remplit Michel d'un étrange malaise où il a l'impression de s'embourber. Il répond à peine aux saluts habituels ; une charrette pleine de fourrage manque de le renverser, son conducteur l'apostrophe :

— Alors garçon, on dort ?

Mais Michel a tout autre chose en tête. Nez baissé, il pousse sa brouette avec au fond des yeux les images qu'il a trouvées chez lui et l'impression amère qu'il garde d'une fuite irréversible. C'est seulement en relevant la tête au bout de la rue qu'il aperçoit la carriole descendant la rue Saint-Pierre, encadrée par deux cavaliers en uniforme. Une simple charrette attelée à un cheval brun et massif qui avance d'un pas lourd. Le cocher a cet air indifférent, apathique des gens qui s'ennuient, avec en prime une vraie trogne de vinassier ! Mais au milieu de la voiture cahotante dont les deux grandes roues latérales grincent sinistrement, se tient une femme, mains attachées derrière le dos, décoiffée et frissonnante dans ce matin venteux. Sur son passage, des fenêtres s'ouvrent, des volets se rabattent, montrant des visages curieux ou à l'inverse cachant dans leur ombre une paire d'yeux se gorgeant du spectacle.

Des passants près de Michel se signent, une femme rentre précipitamment le marmot qu'elle allaite, une atmosphère d'inquiétude enveloppe soudain la rue, pèse sur ses gens. Michel cherche en vain à comprendre. Délaissant sa brouette, il s'approche résolument au moment où le convoi tourne sur le pont de l'Odon, et là, il ne peut retenir une exclamation de surprise :

— Sarah !

Il s'agit bien de Sarah, la femme de Prend-Pain, le galérien qui a rejoint les cachots de la maison d'arrêt de Mortain, après l'attaque du presbytère. Celle qui fut la complice de Louison est là, attachée comme un cochon qu'on va saigner, ostensiblement traînée dans les rues de la ville.

Et peut-être parce que ce n'est pas assez, il faut subir aussi les simagrées des commères, les commentaires des hommes derrière les cavaliers ricanant. Michel interroge un vieil homme assis sur un banc :

— Qu'a-t-elle fait ? Où l'emmène-t-on ?

— Place des Tribunaux, répond placidement le vieillard. Elle va y être jugée pour ses crimes !

Abasourdi par ce qu'il vient d'entendre, Michel fixe le convoi qui disparaît sur le pont.

— Mais que dit-on, qu'a-t-elle fait ? continue-t-il. Pourquoi ?

— Elle a reconnu avoir aidé deux filles à se débarrasser de leur enfant à naître... C'est ce que l'on racontait hier, à l'auberge du père Leloir.

Ainsi quelqu'un avait parlé, dénoncé cette femme qui, sous ses propres yeux, avait participé à un autre sacrilège. Michel se retourne, la rue a repris son rythme, celui de ses maisons aux façades ventrues, des vendeurs de toutes sortes aux cris familiers ou des piétons au pas tranquille. Un âne en le frôlant arrose ses sabots d'un flot d'urine, Michel a juste le temps de protéger sa brouette. Ses rêves sont loin, effacés par le chariot qu'il vient de voir. Il pense au châtiment dont parle son parrain, celui qui guette les semeurs de mort, hommes ou femmes, cette justice divine à laquelle nul n'échappe. Il s'émeut : Sarah lui a-t-elle jeté un mauvais sort ? Dieu et diable dont les combats habillent les églises et qui nourrissent les longues veillées d'hiver quand les châtaignes éclatent sous la langue des flammes, les voilà présents tout à coup presque tangibles. Il parvient au moulin après avoir longé la rue de Bayeux jusqu'au Chemin-Vert. La tour cylindrique en moellon calcaire surplombe la colline. Immobiles pour l'instant, les grandes ailes de bois se détachent sur un ciel à nouveau chargé. « M'a-t-elle vu ? se demande encore Michel. Va-t-elle prononcer mon nom, celui de Louison et même de mon père ? » Cette fois, il n'est guère bavard avec le meunier Troplong, qui lui propose pourtant un gobelet de vin et du fromage de ses brebis. Il refuse, il n'a plus faim ni soif. En se hâtant, il aligne les sacs de farine, grise pour le seigle et blanche pour le pain des bourgeois, les charge un par un sur la brouette, le visage si tourmenté que Troplong s'inquiète :

— Ta mère, ça ne va pas mieux alors ? Tes patrons m'en ont parlé...

— Non, répond Michel, d'ailleurs on pense qu'elle n'ira plus jamais mieux.

La pluie se met à tomber. Gouttes qui s'écrasent sur les herbes et la terre dans des bruits de feuilles froissées. Michel recouvre les sacs de la toile prévue à cet effet, le temps le presse, c'est une occasion de quitter le meunier trop curieux.

Quand il rentre dans la boulangerie, la fatigue lui a coupé les jambes, il a trop forcé. En se retournant, Opportune pousse un cri, elle le voit s'affaisser, rouler sur le côté dans la boutique.

Lorsqu'il revient à lui, son corps grelotte, sa tête semble en feu. On l'a placé sur sa couche mais une couverture remplace les « pouches » qui le couvrent d'ordinaire. Près de lui, Opportune tient un bol de vin chaud, l'odeur aigrelette du liquide s'accroche à son souffle.

— Bois donc ! En attendant, ça te remettra.

Elle lui soulève la nuque. Douceur du geste, chaleur émanant du four allumé devant lequel Bellery s'active de l'autre côté ; la vie repart avec une gorgée revigorante. Michel s'accoude en soupirant :

— Je ne suis bon à rien aujourd'hui !

Il lève ses yeux brillants vers celle qui le soigne.

— Bon Dieu ! dit-elle, mais tu as la fièvre !

Pourtant il se sent mieux. Est-ce le fait qu'elle soit près de lui ou que l'alcool l'envahisse ? Il hésite, oscille entre le désir de rester là ou d'aller rejoindre son patron. Il n'ose pas non plus répéter les mots que Troplong lui a dits lorsqu'il l'a quitté. Une phrase comme un coup de poing, plus mauvaise que la pluie et le vent, si terrible qu'il a la sensation d'avoir été achevé, mené jusqu'à l'inconscience par tout ce qu'elle sous-entendait.

Opportune se relève, le bas de sa robe en toile foncée est marqué de gris ; par son seul mouvement, la poussière de farine se met à voleter autour d'elle.

— Je vais à la boutique, dit-elle.

Puis, en regardant Michel, elle poursuit :

— Si ça ne va pas mieux d'ici ce soir, je ne te donnerai qu'un bol de bouillon pour ne pas nourrir ta fièvre et une décoction d'orge et de mélisse.

Michel écoute son pas décroître dans l'escalier, la porte grince un court moment avant de se fermer. Il se lève, vacille un peu mais Bellery brasse déjà la pâte, il faut préparer les bannetons. A pas lents, Michel se déplace. Son patron est penché sur la maie.

— Troplong m'a dit quelque chose de grave.

Debout derrière Bellery, Michel ne peut plus attendre. L'instant est peut-être mal choisi, mais comment faire autrement ?

— C'est quoi ? entend-il entre deux efforts. Donne-moi l'eau !

Michel tend le seau.

— Les récoltes ont été désastreuses, on manque de grains.

Instantanément, Bellery interrompt son brassage, il se redresse, les bras en demi-cercle, marbrés de pâte collante, la bouche et les yeux ronds.

— Par saint Pierre ! soupire-t-il en se signant vaguement. Manquait plus que ça !

— Le fourrage ne sera pas suffisant non plus, continue Michel, il va y avoir des rationnements terribles.

Bellery secoue la tête, essuie son front mouillé dans le creux de son bras.

— Les troubles vont recommencer, qu'allons-nous devenir ?

Un silence les tient soudain avec la montée d'une peur intérieure, aiguë comme le cri d'Opportune tout à l'heure. Pour Louis Bellery, plus de pain à vendre et ce sont des jours et des jours à compter sou à sou, paralysie et pénurie qui vont ensemble, la fermeture de la boutique et peut-être aussi un autre métier à faire pour ne pas crever de faim.

Il lève les yeux vers Michel.

— J'vais pas pouvoir te garder…

Cela, Michel y a tout de suite pensé, il sait qu'il peut être remercié d'un moment à l'autre.

— Pas tout de suite ? demande-t-il faiblement.

Bellery hausse les épaules.

— Non, attendons…

Puis il se penche à nouveau sur la maie mais l'ardeur n'y est plus, les échos des révoltes paysannes lui reviennent en mémoire, le mécontentement des gens de sa corporation aussi ; quelque chose de grave est brisé, la confiance dans le roi et ses ministres se lézarde un peu plus chaque jour. Malgré son malaise et sa fièvre, Michel se met au travail. Du coin de l'œil, il surveille Bellery et sa mine contrariée. Si son patron le renvoie, un retour immédiat à La Ferrière lui semble hors de question. Combien de jours encore à tenir ici ? Le froid l'étreint de plus en plus tandis que le sang afflue contre ses tempes. Jusqu'au soir, il a des gestes d'automate.

12

Durant trois jours, les bouillons de grenouille et les décoctions d'orge mondé préparés par Opportune soignent la fièvre et la toux. Au matin du quatrième, Michel peut chasser les derniers miasmes de la maladie et reprendre à plein temps son activité.

En ville, on ne parle déjà plus que des restrictions et l'appréhension générale sonne aussi lugubrement que le tocsin.

Louis Bellery s'absente, il va rejoindre ses confrères dans des assemblées interminables où le moindre fait est commenté sans relâche. La rédaction des cahiers de doléances, la perspective des élections pour les états généraux mobilisent les esprits. Tout cela joint au mécontentement, à l'aigreur que suscitent les impôts, le manque de pain et l'inconstance du gouvernement, voilà qui suffit amplement à provoquer les émeutes prévues.

Par une matinée d'octobre, sous le ciel brumeux et humide des premières pointes de l'hiver, la rue Caponière s'emplit brusquement de cris et de pas précipités. Louis Bellery et Michel ont à peine le temps de réaliser que des poings frappent violemment contre la porte de la boutique et sans attendre de réponse, une dizaine de personnes entrent en scandant rageusement : « Du pain ! du pain ! »

La plupart d'entre elles sont des femmes qui portent ou tiennent des enfants par la main, il règne une telle confusion dans la petite pièce qu'Opportune, effrayée, ne sait plus que faire.

— Va prévenir la garde, parvient-elle à dire à Michel. En passant par la cour, on ne te verra pas, fais vite !

Malgré son saisissement, Bellery essaie de tenir tout le monde en respect mais la tâche est difficile tant l'exaspération de ces gens affamés grandit de seconde en seconde. Le boulanger a beau enfler sa voix, esquisser de grands gestes, il n'a pas le dernier mot. Sans qu'il puisse empêcher quoi que ce soit, des mains avides se partagent les derniers pains et les sacs de farine dans une surenchère de piaillements et d'excitation. Quelques minutes plus tard, lorsque la troupe arrive, il n'y a plus rien à faire. Les coups de feu tirés en l'air éparpillent les malchanceux qui n'ont pas eu le temps ni l'audace nécessaires pour se servir ; seules deux ou trois femmes rattrapées par les cavaliers sont arrêtées et leur vol restitué à la boulangerie. Les Bellery sont effondrés. C'est une réserve d'un mois de farines qu'on vient de leur dérober.

— J'ai encore des sacs chez Troplong, se lamente le boulanger, mais les malfrats peuvent revenir, tout cela peut recommencer demain…

— Nous devons faire placer des grilles, suggère Opportune.

Ses cheveux dénoués encadrent un visage violet d'émotion, elle respire bruyamment, étouffant ses larmes dans un torchon qui traînait là.

Michel, qui a prévenu la garde de l'autre côté du pont, en est encore tout essoufflé. Jamais il n'a couru aussi vite, bousculant des promeneurs, se faufilant à travers les voitures au risque de se faire écraser. Cette émeute a déclenché en lui des souvenirs dont il se serait bien passé. Il craignait déjà pour la vie de ses patrons, il imaginait les couteaux ou autres instruments du même genre, brandis en représailles puis abattus par des mains cupides. Maintenant c'est une nouvelle partie qui se joue, la menace vient de partout. L'ombre de la faim, des jours sans soupe, sans pain, l'ombre de l'isolement, de la défiance qui vous tient en éveil nuit et jour, qui vous rend acteur et spectateur, miséreux et misérable dans une constante incertitude.

Et ils se retrouvent ainsi tous trois, habités par cette sorte de répugnance à laquelle ils ne pensaient pas, déposant une plainte en bonne et due forme auprès d'un lieutenant qui les écoute d'une oreille distraite, pensant : « Ce n'est qu'un incident, il y en aura d'autres. » Puis la boutique est à nouveau déserte, pillée, les poids en fonte et la balance renversés, les étagères grises et vides comme si elles n'avaient pas servi depuis longtemps et, planant sur ce désordre, leur désarroi intact, écrasant.

Dès l'après-midi, des ouvriers viennent poser les grilles.

— Je les fermerai moi-même tous les soirs, dit Bellery à Michel, et dans la journée, si je ne suis pas là, à la moindre rumeur suspecte, tu n'hésites pas à les tirer !

Michel acquiesce, il lui faudra prendre en charge toute la boulangerie en l'absence de son patron, il devra cuire aussi une fournée ou deux, il se débrouille suffisamment maintenant pour s'occuper de tout. Evidemment, il ne s'agit plus que d'une fournée tous les quinze jours, peut-être moins encore au cours de l'hiver – en dépit des promesses d'achats de grains à l'étranger... Vraiment, les temps ne s'accordent plus au rêve, l'espoir est foulé aux pieds par des milliers d'opprimés qui peuplent le pays en colère.

Opportune se terre, silencieuse et taciturne. Ses rares sorties la mènent jusqu'à l'église Saint-Ouen, sinon elle se méfie de la moindre visite dans sa boutique, croit reconnaître un visage entrevu au cours de l'émeute, soupçonne chaque personne, en perd le sourire. Le meilleur de son temps, elle le passe à parler avec Michel quand Bellery n'est pas là. Depuis que le froid s'est installé, que la nuit tombe vite avec la pluie, le vent ou parfois la neige, elle a pris l'habitude de faire monter l'apprenti devant la cheminée de leur salle pour ne pas rester seule.

— Il ne va pas rentrer tôt aujourd'hui, dit-elle.

« Il », c'est toujours Louis Bellery accaparé par ses réunions, encore plus volontiers participant depuis que le travail au fournil se raréfie et que les événements se précipitent. Elle se cale dans le fauteuil crapaud, tendu de satin vieux-rose, si usé par endroits que la trame apparaît.

— Ce n'est pas encore cet hiver qu'on pourra changer le tissu, approche donc ! Viens là, tu vas encore prendre froid...

Michel s'assoit docile sur le plancher, il replie ses jambes, étend ses bras vers le feu.

— C'est bon, dit-il.

Combien de soirées ont-ils déjà passées là ? A parler de tout et de rien tandis qu'Opportune rapièce chemises ou draps ? Pas grand-chose à manger certes, les soupes sont claires et les quignons de pain rassis, le fromage de chèvre est encore vendu très cher par Troplong malgré un rabais généreux. Michel parle des bêtes qu'on abat à La Ferrière par manque de fourrage. Une véritable hécatombe qui appauvrit même les possédants.

— Mon parrain m'a écrit que le cousin capitaine s'est servi de ses armes pour repousser des gens de Coulvain qui en voulaient à son troupeau !

— C'est une honte ! commente Opportune.

Mais elle s'arrête aussitôt de coudre, plonge un moment son regard dans le feu qui pétille, reprend plus bas :

— J'dis ça, mais si j'avais eu une arme, j'crois bien que j'aurais tiré quand ils ont tout volé dans la boutique.

— Peut-on savoir ? dit Michel.

Il regarde aussi les flammes, assis tout près d'elle qui sent toujours le jasmin et la tubéreuse, les senteurs qu'elle détient dans de minuscules flacons achetés à l'herboriste de la rue Saint-Benoît et dont elle se parfume dans un geste que Michel a souvent imaginé, surtout lorsqu'elle passe près de lui, légère encore, à peine fardée.

L'heure arrivant, il s'est même surpris plusieurs fois à guetter le bruit de la porte qui s'ouvre, à espérer le son familier de la voix : « Michel, tu veux te chauffer près du feu ? » Les mêmes paroles, la même façon de prononcer les mots avec un rien de coquetterie, un petit accent appuyé de féminité qui remplit son attente jusqu'à l'heure de la veillée.

Au milieu de l'hiver, l'agitation s'accentuant, Bellery leur apprend qu'il vient d'être élu délégué de sa corporation pour représenter le tiers-état :

— Ah ! toutes ces assemblées n'ont pas été vaines, dit-il, je vais pouvoir leur montrer de quoi je suis capable !

Auprès d'Opportune qui s'interroge, il se veut rassurant :

— Bien sûr, je vais être très pris encore, mais Michel s'occupera du fournil, après nous verrons bien ce qu'il convient de faire.

Il voudrait qu'elle s'enflamme aussi, entraînée comme lui par la passion de son nouveau rôle :

— Bourgeois de la ville ! Te voilà femme de bourgeois. Qu'en dis-tu ?

Elle en est fière, Opportune, c'est certain ! Mais en vraie Normande, elle laisse parler son bon sens :

— Nous n'aurons pas plus à manger pour ça !

Michel sourit de les voir se taquiner ainsi. Il sait combien ce chemin a été dur et long pour son patron, qu'il a trouvé dans cette voie un accomplissement qui le sauve de l'ennui. D'ailleurs, il s'est réellement métamorphosé, la voix est plus ample, les phrases mieux tournées, il ne craint pas de s'affirmer partout, fuyant le plus possible son foyer où il se sent moins à l'aise, moins écouté. En le choisissant, les boulangers de la ville ont mesuré la transformation, au fil des mois ils ont vu combien Bellery prenait à cœur de défendre leurs intérêts. Il n'a pas cessé de prendre la parole dans l'ancienne salle de l'hôtel de ville où se tiennent les réunions. Sous les voûtes d'ogives du XIIIe siècle et les grosses poutres peintes de léopards et d'armoiries, Bellery n'a eu qu'un bref regard vers l'Odon que l'on aperçoit par la fenêtre, baignant l'abside de l'église Saint-Pierre, ou vers les artistes sur la rive qui dessinent encore paisiblement une scène de lavandière, de chevaux à l'abreuvoir ou de bateliers. Seules lui importaient la sauvegarde de leur corporation, les taxations des grains et de la farine.

« Nous, Délégués, bourgeois du tiers-état, nous déclarons vouloir d'abord garder notre Roy, ensuite nos privilèges, en particulier le titre de "Bourgeois de la Ville" qui nous exempte de la grosse Taille... »

Des jours entiers à rédiger, raturer, reprendre jusqu'à trouver la formule exacte qui les fera tous applaudir à la fin de son discours.

« Remontrons humblement à Sa Majesté le grand avantage qui serait de supprimer les péages de l'intérieur du royaume afin de faciliter le commerce libre des grains ; de rétablir pour toute la province les libertés et droits que nous garantit la "Charte aux Normands" en créant une Assemblée provinciale des Etats à Rouen ou à Caen. »

Il tient régulièrement Michel au courant, le réveille au milieu de la nuit pour lui raconter les séances, mimer les participants. A lui seul, une vraie pièce de théâtre ! Une comédie en plusieurs actes qu'il joue ponctuellement pour tester sur son ouvrier les effets de son enthousiasme.

« Mais c'est une scène ou un tribunal qu'il vous aurait fallu, pas un fournil ! »

En le regardant s'agiter, marcher à la lueur d'une chandelle entre la maie et le four éteint, Michel s'étonne. Que reste-t-il en effet du petit homme rond au bonnet plat qu'il avait découvert en arrivant de sa campagne ? Ce personnage qui prêtait plutôt à sourire avec ses jambes un peu arquées, sa figure rougeaude ? A présent la perruque est de mise sous le large chapeau et le costume plus étudié avec bas et chaussures à boucles.

« Il est presque devenu gentilhomme », remarque Opportune en époussetant les habits. Mais on l'a vue, elle aussi, troquer la robe de toile pour un taffetas soyeux et un châle croisé rehaussé d'une fine dentelle. « Nous devons tenir notre rang », a-t-elle expliqué à Michel en guise d'excuse à ces dépenses. Il se souvient, lui, de la première fois quand il a découvert sur elle la robe gris perle, les cheveux blonds disciplinés en anglaises ramenées en chignon avec des épingles dorées. Il n'avait eu qu'un « oh ! » de surprise qui avait amusé le boulanger, mais alors que Bellery se détournait, il y avait eu ce regard entre Opportune et lui, ce regard qu'elle n'avait pas soutenu, baissant la tête pour cacher le rose de ses joues.

13

Depuis ce jour, Michel avait compris qu'il comptait pour elle, il ne savait pas comment ni pourquoi mais il désirait sa présence, son parfum comme on espère une part de pain blanc un dimanche de fête. Il n'osait rien pourtant, la touchant simplement des yeux, se contentant de la rêver en préparant bois, bannetons, levain ou pâte lors des fournées qui s'espaçaient de plus en plus. Etait-il possible d'ailleurs de parler de fournées, alors qu'une vingtaine de pains au maximum achevaient de dorer ? Et que la farine de gros pois, de fèves, tentait de remplacer les grains ? Les manœuvres de Necker n'arrangeaient rien. Dans la bousculade des jours avec les péripéties politiques et sociales qui retournaient les villes comme les campagnes, la fin de l'année arriva plus froide, plus triste encore. Et ce fut précisément un jour de janvier que le destin de Michel changea de cap.

L'intégralité du jour, de l'aube au crépuscule, s'était imprimée dans sa mémoire avec en guise de décor le froid épais, les vagues de brouillard laiteux qui culminaient sur les hauteurs de la ville. Cette espèce de coque immobile renversée, couleur de sable sale qui englobait les rues, les maisons, obstruant le ciel, l'opacifiant jusqu'à tout uniformiser. Une vision qui l'obsédait alors qu'il s'était retrouvé vers le soir, démuni, marchant péniblement dans le froid et l'humidité, sans but.

La veille, un bateau venu de Dantzig avait apporté une exceptionnelle livraison de grains. On avait dû attendre le soir pour décharger : surveillés par un bataillon au complet, armé de mousquets et de sabres, les boulangers caennais avaient pu emmener leur précieux chargement, évitant le cœur de la ville. Du coup, Michel s'était levé guilleret le lendemain, se retrouvant avec une bonne fournée à cuire alors que Bellery lui avait donné carte blanche. Il s'y était mis plein de zèle, heureux comme un enfant devant cette farine inespérée que le meunier Troplong avait accepté de moudre en une nuit.

— C'est un vrai cadeau, disait-il.

— Un cadeau des Rois mages, rectifiait Opportune qui en pleurait d'émotion.

Sans rien dire parce qu'il flottait un air de fête entre les quatre murs, elle avait décidé de rester là malgré le manque de clarté, allumant seulement les chandelles le plus près possible de Michel pour qu'il y voie clair. Puis elle s'était tue, s'occupant simplement de temps en temps des toiles, de l'eau ou du sel.

Peu à peu, Michel avait senti ses yeux. Quelque chose qui s'accrochait à lui, à ses gestes, suivait la courbe de son torse, de ses bras ; gêné, il toussa avant de se retourner. Elle était assise, jambes pliées sur le côté, dans le coin où il avait l'habitude de dormir. Sur le haut d'une épaule le bord du corsage avait glissé, montrant la chair ronde par la généreuse échancrure. La faible lumière dansante jetait des ombres et des éclats dorés sur la peau offerte. Elle ne semblait qu'un appel, qu'une attente jusque dans ses yeux à demi clos, un vertige.

Michel s'était laissé guider par cette sorte d'instinct rayonnant qu'il ne pouvait plus dominer. Là, devant lui, soudain concentrés dans l'angle à moitié éclairé, les sensations, les rêves passés, les vieux fantasmes tus par la conscience se réveillaient, jaillissaient dans son esprit, habitaient son corps comme une fermentation lente qui serait brusquement arrivée à maturité. Michel posa la pelle, jeta son tablier par terre, ne la quittant plus des yeux, s'approcha. Elle défit elle-même ses cheveux avant de le recevoir contre elle, presque brutal, déjà haletant. Sous le tissu, la chair était telle qu'il l'avait imaginée, opulente, fiévreuse. Il tenait pour la première fois un corps de femme sous ses doigts, et quelle femme ! Opportune se déchaînait, criait, mordait tandis que la bouche encore hésitante parcourait les seins tant convoités et qu'elle lui montrait en même temps les chemins de l'amour avec une frénésie qu'il ne comprit que plus tard. Il la posséda trois fois de façon brève, comme le débutant qu'il était, la laissant pourtant gémissante d'aise, en sueur alors que lui-même retombait sur le côté, exténué.

Elle n'eut qu'une phrase :

— Deux mois qu'il ne m'a pas touchée, souffla-t-elle, comme si elle se parlait à elle-même, tant pis pour lui !

A ce moment, une étrange odeur envahit le fournil, âcre et entêtante, inattendue. Michel s'assit en reniflant : d'où cela pouvait-il venir ? A ses côtés, Opportune commençait à rassembler ses cheveux, à ramasser ses habits. Il hurla :

— Les pains, les pains !

Puis, sans y prendre garde, il se retrouva nu devant la porte du four d'où s'échappait une fumée noirâtre.

— L'eau, vite ! de l'eau. Ça brûle !

Mais il dut seul asperger la sole et les voûtes noircies en suffoquant et pestant. Opportune rhabillée se tenait imperturbable derrière lui, bras croisés. Une fois le feu éteint, il lui jeta un regard pitoyable où la joie des ébats qu'ils venaient de vivre avait complètement disparu.

— La fournée a brûlé, pleurait-il, il ne reste plus rien !

Mais elle le toisait, droite, presque méprisante, à cent lieues de leurs étreintes.

— Mets donc ta culotte, dit-elle, de quoi as-tu l'air comme ça ? Pour le reste, tu t'en expliqueras avec le patron !

Sans ajouter le moindre mot, elle monta vivement l'escalier et disparut.

14

Le visage du boulanger s'étire lentement, décomposé, livide ; ses traits se détendent du front au menton ; il paraît lisse tout à coup, hors du temps. Mais la pause est brève, bientôt il se déchaîne. Michel, prostré, a rangé, plié les sacs dont il se servait pour dormir. Toute la journée, il s'est efforcé de faire disparaître la trace, la sienne, celle qu'il sait de toute façon vouée à l'oubli, au rejet. Bellery jure, crie après avoir suffoqué d'étonnement, être resté sans voix devant l'incroyable gâchis :

— Nom de Dieu ! Mais qu'est-ce qui t'a pris ? Comment as-tu fait ?

Qu'y peut-il ? Il marche à grandes enjambées dans le fournil, perruque, veste et cape enlevées ou plutôt arrachées dans l'accès de fureur qui lui renverse les sens.

— La seule farine récupérée, gémit-il. Et tu as trouvé le moyen de tout brûler !

Après la monstrueuse colère et l'indignation, il s'écroule d'un bloc, la tête entre les mains.

— Tu dois partir, je ne peux plus te garder, c'est pire qu'une trahison !

Michel est certain qu'Opportune n'a pas pris sa défense, qu'elle n'a pas cherché à modifier la décision de son mari. Au contraire, peut-être même l'a-t-elle poussé dans ce but, essayant ou croyant effacer l'adultère. Un moyen d'écarter le gêneur. Ce n'est pas une liaison qu'elle attendait, c'était une étreinte, un assouvissement passager à son désir presque animal. Tout ce qui arrive aujourd'hui le dépasse complètement, Michel ne voit plus rien, n'entend plus rien. La nuit est tombée depuis longtemps, le brouillard persistant la rend floconneuse et mouillée ; il doit partir, il le faut, comment leur infliger encore sa présence et de quel droit ?

La fureur de Bellery a laissé place à l'écœurement, le boulanger se tait, assis dans la même position, le front au creux des mains terriblement blanches dans la pénombre mordorée.

Michel se lève, va jusqu'à la porte ; le froid descend sur lui, l'agrippe, pourtant il doit avancer dans la nuit ; se livrer à contrecœur à elle, en devenir son voyageur. Il se retrouve dans la rue Caponière ; un chat surpris rentre précipitamment par un soupirail, les maisons ont fermé portes et volets de bois, seul un bruit le fait se retourner, vaguement inquiet. Secrètement, Michel espère quelque chose qui viendrait des Bellery, de l'un ou de l'autre, peu importe, mais qu'ils aient un signe, qu'ils cassent l'indifférence, ne serait-ce que pour rendre plus léger ce départ, amener une touche de réconciliation. Mais rien ne bouge, l'enseigne immobile dessine une tache foncée que la brume laisse entrevoir quand un bout de lune apparaît sous les nappes argentées.

A quatorze ans, Michel arrivait ici en pleine lumière, ce soir il en a dix-huit et l'impression que ces années se sont multipliées par deux, par trois, dans l'obscurité qui se referme sur lui.

Il s'est à peine arrêté dans une cabane de berger, après que ses pas l'eurent conduit bien plus loin que la plaine. Longuement, intensément, il a réfléchi sur ce qu'il convenait de faire. Pour le moment, rien d'autre à envisager que de retourner chez les siens à La Ferrière, puis trouver à se louer quelque part, bien que les conditions ne soient pas favorables à ce genre de démarche. Après ? Michel tremble dans ce modeste abri où il a pu faire flamber un petit feu avec ce qu'il a trouvé sur le sol. Par chance, il a pensé à emmener de vieilles « pouches » du fournil, il s'en est enveloppé, continuant malgré tout à frissonner, à se frotter les bras et les jambes pour activer la circulation du sang. Il a aussi pensé à Opportune, à cette aventure amère, troublante qui ne lui laisse que dégoût et souffrance. Que s'est-il passé pour qu'elle se transforme ainsi ? Que voulait-elle donc de lui alors qu'elle était parfaitement consciente du jeu qu'elle déclenchait ?

Il a beau essayer de lui trouver des circonstances atténuantes : la peur de son mari, le qu'en-dira-t-on ou l'impossibilité d'une telle liaison, elle lui apparaît sous un tout autre jour, une femme double, à la fois trop faible et trop forte, sans scrupules.

Il s'assoupit par intermittence, n'osant pas se livrer au sommeil, le redoutant même du fait d'éventuels rôdeurs ou des loups. Dans une récente lettre, son parrain lui a raconté la dernière battue qui a eu lieu dans les bois d'Aunay, la façon dont ils ont tué la bête à coups de gourdin après l'avoir piégée, puis l'ont fièrement promenée dans les rues du bourg, ligotée, tête pendante à une branche d'orme.

Que ferait-il ici, seul, si un hurlement résonnait tout à coup puis d'autres en écho plus lugubres, plus terrifiants encore ? Le couteau qu'il cache au fond d'une poche lui semble bien insuffisant.

Vient le jour, l'éclatement de la nuit et des masses filandreuses gainées d'un vernis nacré s'effilochant aux branches des arbres, aux sommets des collines arrondies sans végétation, rendues lépreuses et brunâtres par les gels précédents. Il faut marcher encore, suivre les ruisseaux aux rives terreuses, collantes, rejoindre enfin la grand-route et ses bas-côtés inconfortables où les sabots s'enlisent, retenant la marche, la rendant exaspérante et pénible jusqu'à ce qu'un roulier apitoyé s'arrête. « Holà ! je vais à l'Embranchement, je peux te prendre... » Enfin, il les retrouve tous les trois. Marin, plus voûté, plus desséché, austère comme un vieil arbre qui ne donne plus ni fruits ni feuilles au déclin de sa vie ; Marguerite, la tendre et attentive, pâle encore mais les hanches accentuées, la gorge plus ronde sous l'étoffe du corsage. Quant à Catherine, ses cheveux gris et sa figure fermée n'ont pas changé. Elle est telle qu'il l'avait quittée, plus morte que vive, assise près du feu, emmitouflée dans une couverture de laine trouée que personne n'a pensé à recoudre. Elle lui lance un œil indifférent, morne, où rien ne transparaît, regard bleu, lointain comme une ligne d'horizon en plein été lorsque le soleil s'installe plusieurs jours et qu'il ne se passe plus rien hors du temps figé.

— Ah ! dit Marin, ils ne t'ont pas gardé à cause de la disette...

Trop content d'échapper aux questions, Michel hoche la tête.

— Tu as deviné !

— Comme tu as changé ! poursuit Marin, te voilà prêt à faire travailler le barbier !

Marguerite l'invite à s'asseoir, il y a du lait caillé et du fromage que l'abbé leur a apporté hier :

— Justement, on se demandait ce qui allait se passer pour toi, prends donc un peu de fromage et un bol de lait, tu dois mourir de faim !

— Que comptes-tu faire ? s'inquiète Marin qui pousse la bûche et les branchages dans la cheminée.

— Je vais chercher une autre boulangerie.

— Tu n'es pas près d'en trouver ! Ici, ils sont tous occupés par les registres et délibérations, dit Marin. Et il n'y a plus de pain depuis trop longtemps, on en crève…

Le ton est douloureux, découragé. Michel sent bien qu'il va falloir faire vite, qu'il ne peut pas demeurer ici sans travailler. Pour l'instant, il mange, dévore, tout en essayant de freiner cet appétit qui le tenaille. Ce qui vient de se produire en vingt-quatre heures l'a secoué tant et si bien qu'il ne sait plus où il en est, heureux et malheureux d'être là.

« Dormir un peu, pense-t-il, après tout ira mieux ! »

— Je vais dans la remise, dit-il, je n'ai pas fermé l'œil de la nuit, un petit somme et je reviens.

Marin et Marguerite ne peuvent s'empêcher de sourire en le voyant tituber de fatigue jusqu'à la porte.

— Quelle idée d'avoir marché toute la nuit ! s'exclame-t-elle, puis elle essuie l'assiette creusée à même la table.

— Si l'eau du lavoir n'est plus gelée, j'irai laver le linge tantôt, dit-elle.

15

Michel s'endort une heure mais il est vite réveillé par l'angoisse : « Où aller se louer ? » pense-t-il.

Du revers de la main il chasse les poules qui caquettent près de lui. Voilà qu'il n'en reste plus que deux, compte-t-il, deux sur les six… Le chat lui-même a disparu. Un nouveau signe de cet hiver rude et difficile. « Si je parlais à mon parrain ? » L'idée est séduisante mais les Bellery ne vont pas tarder à le mettre au courant, s'ils ne l'ont déjà fait… Comment va-t-il réagir ? Les questions qui assaillent Michel l'empêchent de se reposer, il ne voit qu'une solution : aller à Aunay rencontrer l'abbé et, en longeant les terres du capitaine Marin Cantelou, offrir ses services sans bien sûr en souffler mot à quiconque.

C'est le cousin en personne qui le reçoit. Michel l'a trouvé arpentant ses champs, discutant avec ses domestiques des précautions à prendre pour le bétail.

— Monsieur, dit-il, je suis votre petit-cousin, le fils de Marin le journalier, et je cherche du travail…

L'autre le considère, un peu goguenard, amusé par ce jeune homme hardi qui se tient devant lui, chapeau à la main, déférent.

— Tiens ! voilà bien longtemps que je n'ai pas de nouvelles de ton père ; mais tu es déjà un homme ! Quel âge cela te fait-il donc ?

— Dix-huit ans, reprend Michel. Et je sais parfaitement boulanger, malheureusement le manque de grains m'a obligé à quitter Caen et je ne peux rester sans rien faire. J'ai des bras robustes et je dors peu...

Le capitaine a troqué son uniforme contre un habit de ville, il porte un jabot piqué d'une épingle d'or que l'on voit dépasser de la cape dont il s'enveloppe.

— Fort bien ! dit-il d'un ton neutre. Je t'aurais tout de suite engagé si mes gens n'étaient déjà au complet et je ne peux envisager de prendre quelqu'un de plus, mais mon cousin l'abbé va certainement te trouver quelque chose, dis-lui que tu viens de ma part !

Visiblement, il se débarrasse, ne voulant pas lever le petit doigt pour venir en aide au garçon. « En quatre ans, il ne s'est pas amendé », pense Michel en examinant l'homme aux épaules carrées, à la forte stature, le dominer avec cette arrogance dont il ne s'est jamais départi.

Michel remercie à peine, rebrousse aussitôt chemin pour retrouver la route d'Aunay, là où les conseils seront précieux et l'aide efficace.

Lorsqu'il arrive, le soleil perce timidement quelques nuages et les paysans croisés au hasard du parcours redoutent de fortes gelées pour la nuit et le jour suivant. Michel n'a donc pas de temps à perdre s'il veut revoir les siens avant le crépuscule.

Le simple mais coquet presbytère de l'église Saint-Samson est bordé par un étroit jardinet où deux ifs taillés ont gardé leur verdure. Une servante âgée conduit

Michel jusqu'à une salle carrelée où flambe un feu salutaire. En reconnaissant le filleul de l'abbé, elle lui offre un bol de bouillon chaud, cuit du matin.

— Tout ce chemin par ce froid, dit-elle. Prenez donc, vous vous sentirez mieux ! Monsieur le vicaire va venir, il achève les prières pour l'angélus de midi.

Le bouillon est un vrai miracle ! Michel n'en revient pas de trouver des morceaux de graisse de porc mélangés à des carrés de légumes. Et pour couronner ce festin, il y a même une tranche épaisse de pain où l'on sent bien la farine d'avoine mais ce n'est ni l'heure ni l'endroit de paraître difficile. L'abbé est plutôt surpris de trouver Michel dans la salle.

— Avec les événements qui courent, je me doutais que tu n'allais pas rester longtemps chez les Bellery, mais pourquoi t'ont-ils renvoyé si tôt ?

Michel doit avouer la fournée ratée, le meilleur des grains moulu en une nuit lamentablement gâché par sa faute. Il tait bien sûr la relation coupable, ce qui l'a détourné de sa tâche le rendant plus honteux encore.

— Je ne sais pas comment ça s'est fait, dit-il, j'ai cru avoir le temps de m'absenter pour fermer les grilles de la boutique, j'avais peur que des gens alertés par les odeurs de cuisson qui montaient du fournil dans la rue ne viennent encore tout chaparder !

Il répète la version qu'il a déjà donnée à Louis Bellery en ayant bien soin de ne pas se contredire ; d'ici quelques jours, l'abbé la confrontera à celle du boulanger, à moins que ce ne soit l'inverse.

— Voilà une fâcheuse aventure pour ta situation à venir !

Le vicaire s'est attablé, servi par sa bonne qui remplit son verre d'un vin léger couleur framboise.

— Reprends un bol de bouillon si tu as encore faim, nous avons eu la chance d'être ravitaillés par le seigneur de Chantepie.

Il coince une serviette brodée à ses initiales entre son col et son cou.

— Il faut que je réfléchisse, continue-t-il, mangeons en attendant !

Michel est content de se retrouver ici. Dressoir en bois foncé, bahut où une soupière en étain décorée de torsades repose sur un napperon ; le calme, la propreté du lieu joints à l'abondance du repas lui apportent le répit dont il avait besoin. Seuls les deux crucifix et leur buis jauni, suspendus en vis-à-vis sur les murs, rappellent qu'on est dans une cure villageoise, îlot paisible pour l'instant, protégé des agitations extérieures.

L'abbé s'est légèrement empâté. Plus jeune de cinq ans que son cousin « remué de germain », il n'a ni l'affaissement ni la fatigue qui marquaient déjà Marin au même âge. Taille moyenne, chevelure abondante et noire où l'on ne décèle que de rares cheveux gris, il espère bientôt, grâce à son inépuisable dévouement, être nommé curé. De l'autre côté de la table, le blond Michel n'a de commun avec lui que les boucles rebelles de la coiffure et peut-être aussi le nez droit au bout rond qu'on reconnaît à tous les Cantelou, y compris le capitaine.

C'est vers deux heures de relevée, après que la table eut été desservie, que Michel tente de revenir sur son problème.

— N'y a-t-il pas moyen de boulanger alentour ?

L'abbé soupire.

— Entêté ! Ne veux-tu donc pas essayer autre chose ? Tu n'auras jamais les moyens pour t'installer, réfléchis ! Il serait plus facile pourtant de te louer comme garçon de ferme...

La phrase foudroie Michel sur place. On vient de lui piétiner son rêve, sa seule ambition : posséder une boulangerie ! Alors, même son parrain voudrait le décourager, le détourner de tout ce qui a fait sa raison de vivre, de se battre depuis cinq ans ?

— Ce n'est pas possible !

La formule qu'il vient de laisser échapper résume tout ce qu'il pense : s'accrocher au moindre espoir, coûte que coûte emprunter la route de la réussite, tant pis pour les revers de fortune, les coups de boutoir du destin qui vous laissent pantelant, vous faisant douter du bien-fondé de votre choix ! Quoi ? Michel Cantelou, petit-fils de laboureur, fils de journalier, pauvre sans doute mais riche de son idéal, avec ses bras et ses mains prêts à remuer ciel et terre pour gagner ; lui, l'ouvrier qui connaît tout du pain, devrait abandonner ?

— Non, jamais !

Il est debout, arpentant vivement la salle, étreint par la colère et la tristesse.

— Calme-toi, voyons ! Je voulais parer au plus pressé.

L'abbé tente d'apaiser le grand feu qui l'embrase comme du bois sec.

— D'ailleurs, j'ai peut-être quelque chose à te proposer mais si ça ne marche pas, je ne pourrai plus rien.

Cette fois, Michel se calme. Il se tourne vers son parrain, assis près de l'âtre.

— Je vous promets de tout mettre en œuvre pour y parvenir !

— Auguste Baret, le boulanger de Villers, poursuit l'abbé, est décédé le mois dernier d'une fièvre maligne. Pour l'instant, sa veuve, une femme de trente-neuf ans, n'a pas rouvert la boutique. Son fils aîné, marié, est pêcheur à Honfleur ; quant aux deux filles qui lui restent, l'une est établie sœur à Falaise, la deuxième est mariée à un coquetier [1] de Cahagnes. Va donc lui parler de ma part, dis-lui que si elle est d'accord pour t'embaucher, je viendrai la voir dès demain. C'est la dernière éventualité que je peux t'offrir...

1. Marchand d'œufs.

16

A nouveau la route sous les grappes de nuages teintés de rose et de gris. Michel va d'un pas plus gai. Cela fait des mois qu'il n'a pas senti sa faim rassasiée et l'espoir qui renaît du plus profond de lui le soulage du passé. A l'entrée du bourg, il découvre un groupe de gens disposés en cercle autour de deux gendarmes parlant fort :

— C'est interdit ! dit l'un, je dois tout prendre !

L'autre tient par le bras un colporteur penaud qui supplie :

— Laissez-moi au moins mes fils et mes herbes sinon je ne vendrai plus rien !...

Une jeune femme renseigne Michel en souriant :

— On vient de contrôler sa marchandise, il vendait des livres licencieux...

Michel sait que les ordres du procureur sont formels : en cas de faute non seulement les livres mais toute la vente est confisquée. En se frayant un chemin parmi les badauds, il réussit à voir les couvertures, tandis qu'un paysan le questionne à voix basse :

— Si vous savez lire, pouvez-vous me dire les titres, jeune homme ?

Amusé par l'incident, Michel se tord littéralement le cou.

— Je n'en vois que deux, dit-il : *Lettres d'une Péruvienne* et *Roger Bontems*.

Aussitôt, accompagnés de rires et de plaisanteries, les titres circulent d'une oreille à l'autre. Mais Michel ne peut se permettre de flâner tant le temps lui est compté. Il profite de l'attroupement pour prendre des indications sur la boulangerie Baret.

— Derrière la place, après l'Embranchement, lui dit-on. Si la veuve n'est pas là, vous la trouverez sûrement au lavoir, elle y travaille comme buandière.

Michel la distingue tout de suite parmi les cinq femmes agenouillées : noire de la tête aux pieds et un peu à l'écart. Seuls ses cheveux châtain clair tranchent sur la robe et le tablier sombres. Il voit ses mains surtout : rouges, plongeant dans l'eau glacée, froissant, frottant les tissus empilés à côté d'elle qui ne joint pas sa voix au chant des autres. Courbée au bord du bassin, elle montre la rondeur de son dos ; ses bras aux manches relevées vont et viennent sans cesse, rappelant le pétrissage, le mariage de la farine et de l'eau. Mouvements semblables, efforts similaires.

— Vous êtes la veuve Baret, n'est-ce pas ?

Elle lève les yeux. Le visage est mince comme la silhouette, avec des yeux foncés qui interrogent et la bouche charnue, épaisse qui s'ouvre.

Pas une beauté, c'est sûr, mais un air farouche, déterminé que le regard intense accentue. Michel explique, raconte puis il l'aide à placer le linge mouillé dans la brouette, prend d'autorité sa place.

— Laissez-moi faire, j'ai l'habitude.

Elle écoute silencieusement, d'abord retenue, un peu méfiante, montre enfin la boulangerie fermée.

— Venez ! c'est là, nous y serons plus à l'aise pour parler.

Michel a tôt fait de décharger le linge dans la remise en peu de temps, il se retrouve assis dans un décor simple qui lui rappelle la boutique des Bellery. « A croire que toutes les boulangeries se ressemblent, pense-t-il, fondues dans le même moule. »

Elle ne lui offre rien.

— Les temps me sont durs, dit-elle, je dois calculer sur tout.

Mais Michel attend une réponse, rien d'autre.

— Je ne vois pas comment vous payer, continue-t-elle, si les grains sont suffisants, vous prendrez une demi-tourte de temps en temps, par contre je peux assurer votre entretien et vous donner une chambre au-dessus du fournil. Elle est assez sommaire mais vous aurez un lit.

Par prudence, Michel tait la joie qui s'affole en lui. Thérèse Baret a de la considération. Pour la première fois, on le traite en égal, s'inquiétant même pour son lit. Il accepte vite, sent la bonne affaire comme un vieux « bocain » qui aurait roulé sa bosse partout.

— Tope là ! dit-il en ouvrant sa main, marché conclu.

Ainsi qu'il le ferait avec n'importe quel employeur, il a d'emblée montré que la différence de sexe n'existe pas pour lui. Thérèse y est sensible, elle a toujours sous les yeux et dans le cœur l'exemple d'un mari qui s'est tué au travail. Instinctivement, elle ne peut s'empêcher de faire le rapprochement avec Michel. La minuscule boulangerie n'a jamais connu d'ouvrier ; seul le patron faisait tout tourner du matin au soir, se sacrifiant jusqu'au bout. Alors, qu'un homme soit là pour brasser et cuire, c'est déjà le moyen d'être fidèle à sa mémoire. Ils se quittent.

— Revenez à la mi-carême ! D'ici là j'espère qu'on recommencera à cuire...

Thérèse Baret le salue du pas de la porte, elle semble toute menue dans l'encadrement qui fait d'elle une miniature. Michel lui adresse un signe satisfait, il vient de surmonter une autre épreuve.

Le soir de cette longue marche, il s'est d'abord tu, puis, auprès du feu, alors que deux voisins participaient à leur veillée, Michel les a mis au courant de sa nouvelle place. Marin, qui réparait sa houe, a levé des yeux sereins d'où rien ne filtrait. Les autres ont applaudi, félicité ce jeune homme qui mène si bien sa route vaille que vaille, habité par cet incontournable élan qui le meut aussi sûrement que l'eau actionne la roue du moulin.

Marguerite s'est arrêtée de filer le chanvre qu'elle donnera à l'intendant du seigneur de Chantepie contre quelques sous. Elle a serré son frère en l'embrassant. Mais Michel surveillait Marin. Son père tranquillement occupé à assembler la lame au bois, à l'y fixer solidement pour les prochains labours et qui n'a pas eu de réaction hormis un regard fugace.

Les voisins partis, Michel a aidé Marguerite qui couchait Catherine dans le grand lit. Catherine la désormais silencieuse, passagère de la vie comme une étoile filante qui s'allume et s'éteint plus vite que leur souffle. Mais alors que tout redevenait paisible, juste avant d'entasser les dernières braises, Marin a placé sa main sur l'épaule de son fils. Un geste qu'il n'avait pas fait depuis longtemps.

— C'est bien, petit ! a-t-il murmuré, la voix grave, un peu tremblante. Tu y arriveras, maintenant je le sais !

Doucement, Michel s'est tourné, se retrouvant face à lui, à son émotion. L'index de Marin, sec et rugueux, a touché le menton, remonté vers la joue presque comme une caresse.

— Demain, ce sera toi quand je ne serai plus là, la Familière va bientôt passer, souviens-toi bien, tu peux faire mieux encore !

Il est parti reprendre sa place dans le lit où dormait Catherine, sans autre explication ni conseil. C'est à ce moment que Michel pleura silencieusement, allongé sur sa paillasse, s'efforçant de ne rien laisser entendre, heureux de l'obscurité qui le cachait.

Le 26 février, le cahier de doléances de La Ferrière est enfin terminé. Pour l'essentiel, l'unanimité est requise autour de l'abolition des privilèges pécuniaires et fiscaux : suppression de la lettre de cachet, permis de chasse aux riverains des forêts, disparition de la douloureuse gabelle avec la possibilité de se servir de tout engrais de mer et cendres des salines. Ces opinions coïncident avec les vœux des campagnes du royaume, il n'y a plus qu'à attendre les décisions du roi et de ses ministres.

Deuxième Partie

Le grain qui germe

17

Dès la première semaine de mars, Michel regagne Villers-Bocage. La petite bourgade encore endormie dans un matin pluvieux lui semble bien éloignée de l'animation caennaise, comme sont loin aussi la fraîcheur maritime qu'il aimait tant sentir et les lentes arabesques des mouettes déployant leurs ailes.

Le détour brutal de sa destinée vient à fleur de mémoire lui rappeler la précarité de sa condition, de même les paroles de son père, ce pressentiment de la mort prochaine comme une bille lancée sur le chemin et dont on peut prévoir la fin de course entre les touffes d'herbe et les cailloux. Seule émerge de ce marasme la miraculeuse certitude : « Tu y arriveras, maintenant je le sais ! », qui s'est insinuée en lui, a taraudé son esprit pendant des jours, ravivant l'instinct de vaincre.

La veuve Baret l'accueille aimablement ; elle l'entraîne au-dessus du fournil pour lui montrer la chambre où se trouvent un lit en frêne et une table de toilette avec un pot en faïence de Bayeux.

— La mère de mon mari vivait ici avant qu'elle ne meure il y a cinq ans, depuis cette chambre n'a guère servi.

Elle referme la porte, le guide dans un couloir peu éclairé.

— Je vis de l'autre côté, j'ai ma chambre là et une salle qui sert surtout à recevoir mes enfants quand ils viennent.

Elle s'arrête un moment, lui sourit.

— Vous verrez, vous allez vite connaître tout ça.

Il règne entre les murs un air confiné où l'on décèle l'odeur fade de la farine, omniprésente.

Michel pense au fournil des Bellery, à la boutique, à la pièce où il se tenait auprès d'Opportune, on y rencontrait la même odeur comme si le pain faisait corps avec les murs, les meubles, les objets, les figeant à jamais de son empreinte.

Il prend à cœur de rouvrir la boutique tandis que Thérèse Baret astique l'enseigne qu'elle avait décrochée.

— Mes enfants trouvent que j'ai bien agi en t'embauchant !

Elle lui parle, ne le quitte pas une seconde, volubile et affairée, pressée que le four cuise, que les femmes reviennent apporter leur pâte marquée d'un signe distinctif. Les temps encore difficiles ne favorisent pas les vraies fournées d'avant.

— Aux beaux jours, nous aurons de la fine farine, en attendant, tu trouveras les coches [1] accrochées près de l'entrée.

Elle revit, s'anime à l'idée de tout reprendre.

— D'ici peu je ne serai plus buandière, j'arrêterai...

1. Bâtonnets servant de repères pour le crédit entre le client et son boulanger, qui faisait une coche pour chaque pain, sur les deux moitiés du bâton.

Elle livre à Michel ses pensées alors qu'il fouine dans les moindres recoins du fournil pour tout savoir de ce nouveau lieu. Il se tait le plus souvent ou acquiesce du bout des dents ; en fait, il a peur de mal faire, hanté par son dernier échec. Mais cette attitude plaît à la veuve qui n'a besoin que d'être écoutée, suivie.

Michel enlève les coches entaillées, pendant au-dessus de la porte.

— Nous allons en mettre de nouvelles, dit-il, bientôt elles seront si nombreuses qu'on les accrochera en plusieurs endroits !

Elle rit de la boutade.

— Ah ! si tu pouvais dire vrai, soupire-t-elle.

Elle a vite tutoyé Michel « pour la simplicité et la cordialité », comme elle a précisé en lui donnant un gobelet d'eau-de-vie de cidre :

— C'était celle de mon mari, il la fabriquait lui-même avec les pommes qu'on lui donnait à l'automne, dis-moi ce que tu en penses ?

Pour ne pas la décevoir, lui qui n'y connaissait rien en a goûté une gorgée.

— Elle brûle mais c'est de la bonne !

— Ça vous nettoie tout l'intérieur ! a commenté Thérèse. Pour les nouveau-nés c'est radical, ça tue les vers et la vermine !

Ensemble, ils ont ri, détendus, satisfaits de la tournure de leurs projets, seulement inquiets face aux nouvelles de la capitale que la malle-poste ramène deux fois par semaine à l'Embranchement.

L'arrivée du printemps puis de l'été ne calme en rien cette terrible inquiétude. Au contraire, elle accentue les désordres alarmistes. Le retour du soleil et de la chaleur, le verdoiement de la campagne, l'épiage des champs activent en même temps une montée de fougue, une violence larvée prête à surgir. Lorsqu'ils apprennent la prise de la Bastille par le peuple parisien, les paysans décident impulsivement de marcher sur La Gandonnière, la demeure du seigneur de Chantepie. Quelle éclatante compensation ! L'ordre renversé les unit en un rassemblement qui s'agrandit de minute en minute. « A bas la noblesse, vivent les libertés ! » A la masse disparate s'agglutinent des charbonniers noirs et hirsutes venant des bois. Avec des chants et des cris, le groupe en furie où ne dépassent que fourches et bâtons va en rangs désordonnés à travers cavées et futaies. Parmi ces hommes et ces femmes, Marin le journalier n'est pas le dernier à s'exalter. Mais quand ils parviennent à leur but, le seigneur, prévenu, les attend. On ne prend pas garde à lui, les portes cèdent facilement. Par contre, là où ils pensaient s'auréoler d'une victoire aisée, superbe revanche : il n'y a rien ! Le manoir n'offre que ses murs délabrés, un mobilier plus que sommaire, des réserves à peine garnies. Ce dénuement frappe les esprits d'une telle stupeur que, du coup, il les radoucit. Une seule exception : le colombier de la cour est détruit et les colombes rôties sur-le-champ, ce dernier privilège tombe dans d'ultimes frénésies : les volatiles ne mangeront plus les graines des céréales !

Michel et Thérèse, qui ont su ce qui se tramait, ont couru à perdre haleine jusqu'à La Gandonnière. Le plus extraordinaire, c'est de voir la cour du manoir jonchée de plumes, envahie par les armes frustes qui n'ont pas été utilisées, avec des hommes et des femmes assis sur le sol pavé autour d'un feu, achevant leur repas improvisé. Interdit devant le spectacle, Michel découvre son père parmi les domestiques du seigneur, ralliés à la foule, et plus incroyable encore, il reconnaît le capitaine Cantelou qui converse avec les uns et les autres, tenant son cheval par la bride.

Thérèse se dirige vers les groupuscules épars qui commencent à lever le camp sur ordre du capitaine. Michel reste bouche bée devant la scène. Ainsi le capitaine aurait viré de bord ? La mauvaise passe de la noblesse lui fait donc prendre le contre-pied de ce qu'il cautionnait auparavant ?

« Sa cupidité le perdra ! » pense Michel. Qui peut être dupe de ses manœuvres ? Passe encore pour son mariage avec une fille à dot qui lui a rapporté une excellente terre à blé, mais son flair qui lui a laissé prévoir l'imminence de la Révolution ne peut le conduire bien loin.

— Tu as vu ? demande-t-il à son père qui s'est approché, le capitaine est là !

— Il s'est rallié à nos idées, dit Marin, il nous a conduits jusqu'ici.

— Mais il était l'ami du seigneur, non ?

Michel se remet lentement de sa surprise.

— S'emparer de ce qui peut être pris est une raison vitale pour lui, continue Marin, il suit toujours l'ordre des choses, ainsi les gens de notre village ne le blâment pas. Regarde ! Il est temps de partir, on se regroupe derrière lui.

La fièvre guerrière est tombée. En traversant la grand-route, la diligence de la poste, la même qui leur avait annoncé la prise de la Bastille, leur apprend l'abolition de la gabelle. Cette fois, un déchaînement joyeux succède aux emportements.

— Allons boire à l'auberge ! s'exclame Marin. Viendras-tu avec nous, Michel ?

Mais Thérèse l'a pris par la main.

— Tout doux ! père Cantelou, il est à moi, je le ramène à Villers !

Un peu en dehors des gens, Marguerite alertée par les cris a quitté Catherine, elle vient vers Michel, l'attrape par un bras.

— L'abbé est passé chez nous, il est effondré par les nouvelles, il blanchissait sous l'émotion, tremblait malgré la chaleur.

Michel n'a pas le temps de réagir, il va dans le sillage de Thérèse Baret, pas à pas, fondu dans son ombre. A voix basse, Marguerite le remarque :

— La veuve t'a ensorcelé, dit-elle. Tu n'es plus avec nous !

Que dire d'autre ? Il s'enfuit avec celle qui le tient, dominatrice et suffisamment experte pour le mener comme elle veut. Que sait-il des femmes, lui qui n'en a rencontré que les ombres ? Auprès de Thérèse, Michel se sent en sécurité. Il aime sa douce autorité, sa façon maternelle de le traiter sans équivoque. Ils vivent ensemble toute la journée, se quittant juste la nuit, l'un et l'autre rejoignant la part de mystère nécessaire à leur entente. En somme, Michel fait partie de la famille Baret, il connaît les deux filles et le fils qu'il a rencontrés au traditionnel repas de Pâques. Doute d'abord, légère méfiance puis les barrières sont tombées avec le vin et les plats. Il avait tenu à rester parmi eux, surprenant Thérèse qui lui laissait sa journée pour rentrer chez les siens. Et Marguerite qui vient brutalement de lui dire ce qu'il sait déjà mais qu'il ne veut pas se formuler clairement. De quel droit se permet-elle d'être dure ? Est-ce l'aigreur que la vie lui distille comme un nectar empoisonné ? Cette obligation de s'occuper de Catherine alors que le père part pour un oui ou un non ?

Pendant plusieurs jours, Michel pense à elle, à ce mal qu'elle lui a causé sans vraiment se rendre compte, furieux qu'elle ne sache pas qu'il a choisi, qu'il ne reviendra plus jamais en arrière. Avec la Révolution qui tonne, bouleversant le pays, envenimant les jours d'une traînée de feu, il doit redoubler de vigilance, profiter du salut qui s'offre.

Les titres de noblesse sont bientôt abrogés avec les banalités au moulin ou au four du seigneur pour ceux qui allaient y faire cuire leur pain. Jamais les récoltes ne leur paraissent aussi belles, ce sont elles les vraies promesses de l'aube qui se lève sans la peur de la faim.

— J'avais raison, dit Michel à Thérèse. Les coches vont se multiplier par cinq, dix. Vous pouvez arrêter votre travail de buandière, c'est gagné !

Gagnée aussi une autre victoire dans un orageux après-midi de septembre où les mouches agaçantes indisposent bêtes et gens. En courant, la Bavette sort de chez lui, agite ses bras en tous sens, sue comme un bœuf en plein effort et crie à se faire damner :

— Les voilà ! Ils sont revenus, les voilà !

Artisans, journaliers, fileuses, marchands, enfants que l'excitation ameute se précipitent : qui donc arrive sur la grand-route ? Michel sort du fournil avec Thérèse, ils aperçoivent deux silhouettes qui se profilent sous le ciel bas aux nuages immobiles, prêts à craquer sous les éclairs. Elles marchent, se tiennent par la main, on distingue une femme dont la jupe est brusquement soulevée par le vent qui, soudain, se déchaîne ; un homme à côté porte un enfant dans ses bras.

Etrange apparition que ce trio saugrenu venant probablement d'assez loin, vu l'état des vêtements et la saleté qui les macule. L'orage éclate, fendant le ciel d'éclairs agressifs puis la pluie aux gouttes épaisses martèle la terre, noyant les paysans médusés devant ce tableau vivant et rare. Quelqu'un s'écrie :

— Louise et Jacques Vergy ! Ils sont libres !

Alors plus rien ne compte, ni l'eau ni le tonnerre ; une solidarité émouvante forme une chaîne. On leur apporte des couvertures pour les protéger ; Judith, la fille de l'aubergiste, s'empare de l'enfant, le sèche.

« Venez ! » Ils sont entourés, portés, rien n'est assez : ni les mains qui les touchent pour s'assurer de leur réalité, ni les portes qui s'ouvrent pour les accueillir, les moques de cidre sur les tables, les demi-tourtes de pain qu'on leur tend. Jacques et Louise triomphent, libérés de leur prison où ils ont été enfermés durant des années après leur injuste arrestation. Ils sont vivants, de retour avec leur fille née derrière les barreaux du donjon de Condé. Qu'importent les bruits du tonnerre roulant sur les plaines, entre les rais de lumière aveuglante déchirant le ciel ! Marin étreint sa sœur Louise, en pleurant.

— Comment s'appelle-t-elle ? lui demande-t-il en désignant la petite fille de huit ans qui s'effraie.

— Marie.

Jacques, qui caresse le front de son enfant, la serre contre lui dans un geste tendre.

— Non, dit-il, depuis aujourd'hui, sur cette route, elle s'appelle Marie-Victoire !

18

Avec l'automne, chaque communauté rurale devient commune et les registres paroissiaux de naissances, mariages, décès passent des prêtres aux mairies. On se prépare donc aux élections municipales et pour se protéger de la vindicte des nobles, des brigands ou des accapareurs, les communautés plus importantes doivent se doter d'une garde nationale.

Nouvelles effervescences, nouvelles discriminations aussi : pour être inscrit sur les listes des citoyens actifs, il faut être âgé de vingt-cinq ans au minimum, avoir son domicile dans la commune et payer un impôt correspondant au moins à ce que l'on gagne en trois jours. Marin Cantelou, l'ex-capitaine du roi, désormais homme de toutes les circonstances, se vante bien sûr d'y avoir son nom et se retrouve élu secrétaire du conseil municipal tandis que Gabriel Delarue, un laboureur connu et bon démagogue, devient maire.

Grâce à ses intrigues habituelles, le secrétaire se fait désigner chef de la garde nationale du canton ! Ses moyens ne lui permettent-ils pas largement d'acheter l'uniforme et les armes utiles à son grade ?

— Où s'arrêtera-t-il ? s'inquiète Michel auprès de son parrain venu le voir à Villers.

L'abbé a beaucoup maigri, nuit et jour il est rongé par l'angoisse et la tristesse du sort qu'on réserve aux nobles, à tous ceux qui ont pris le parti du roi.

— A Caen, les batailles, les exécutions sont indignes de créatures de Dieu ! Le major Belzunce, commandant du régiment du roi, a été tué par la populace hors d'elle. On parle même de nous faire abjurer notre foi. Seigneur, qu'allons-nous devenir ?

Il lève les yeux vers le ciel et se signe.

— Le capitaine, continue-t-il, n'est pas pire que les autres, c'est un profiteur qui sait où se tient ce qui lui sert de credo : la possession des biens d'ici-bas.

Michel écoute son parrain comme s'il assistait à un sermon. Thérèse est assise derrière eux, pensive et partagée.

— Il y a eu tant d'abus ! dit-elle.

— Ce n'est pas suffisant pour décapiter des innocents à peine réconfortés par l'Eglise et pour promener leurs têtes sanglantes au bout de piques !

Les yeux encore pleins de l'horreur dont il a été témoin, l'abbé étouffe un sanglot :

— Sainte Vierge Marie, comment leur pardonner ? Est-ce seulement possible ?

Michel et Thérèse échangent un regard, ils ne peuvent rien pour lui. Pas question d'abonder dans son sens, pas question non plus de discuter, la plaie est fraîche, la douleur trop récente.

— Prenez un peu d'eau-de-vie, ça vous calmera, l'abbé !

Thérèse approche un gobelet d'étain, verse le liquide transparent.

— Buvez ! je vous assure que ça vous remontera !

— C'est bien pour vous ! souligne-t-il mais il avale en une fois le doigt d'alcool, en redemande un autre : Pour le courage qui me manque ! explique-t-il.

Michel est chagriné de voir son parrain dans un tel état. La vaillance qui le rendait si singulier a fondu plus vivement que la graisse dans les soupes bouillantes dont ils peuvent à présent se nourrir comme ils veulent.

— C'est là que se tient la différence ! dit Thérèse en désignant le contenu des assiettes : avant nous ne pouvions prétendre à la moindre viande ; même le pain nous coûtait des jours de travail ! Et maintenant que nous respirons enfin, les possédants voudraient nous voir encore asservis, écrasés !

— Je ne sais que penser.

Michel hésite, sa famille est l'expression du radical changement qui draine le pays. Il s'étonne lui-même de la diversité des opinions qui l'entourent de façon aussi paradoxale. Il n'ose pas révéler à Thérèse que son seul but est une boulangerie qui serait à lui, envers et contre tous. Sans doute, une des rares choses qu'il lui cache encore, comme s'il craignait de la décevoir ou qu'elle ne comprenne pas. En fait, il a autre chose en tête. Depuis que le commerce s'est amélioré, les fournées régulières ont repris et Thérèse lui a demandé de vendre des pains une fois par semaine au marché. Minuscule étal bien sûr, mais qui rapporte assez car cela fait longtemps que les bocains n'ont pas vu du vrai pain. Parmi les marchands d'œufs, de volailles, de légumes, Victor

Adde, un négociant en moutons, lui a présenté Guillemette, sa fille cadette de seize ans.

La première fois qu'il l'a vue, Michel a ressenti une évidence brutale, inconnue de lui jusqu'à ce jour : une attirance immédiate pour cette jolie blonde au teint pâle, fragile et suave comme un sucre qui fond sous la langue. Et, comme un bonheur en ces temps tragiques, il s'est vite aperçu qu'il ne lui était pas indifférent non plus. Son émoi, son trouble, les minauderies tempérées qu'elle a montrées ont été autant de déclarations qu'il s'est empressé de garder jalousement en attendant le moment propice. Il pense à cette enfant à longueur de jour, en convoite la dot et le corps comme un aboutissement à ses visées. Guillemette est non seulement jolie mais la situation de son père, qui a déjà marié trois autres filles, renforce les avantages que présenterait cette union.

C'est la veille du 14 juillet 1790 qu'il décide de passer aux actes pour le lendemain. Le jour lui semble merveilleusement choisi. Premier anniversaire de la Liberté, première explosion d'une liesse populaire que rien ne freine. Voilà longtemps que les principes de la fête avaient été oubliés et que les temps ne se prêtaient ni aux danses ni aux ripailles.

Lorsque tous assistent vers midi à la plantation du fameux arbre de la liberté, Michel s'avance vers Victor Adde. Petit, grassouillet, gauche dans l'habit de fête que sa femme a dû lui faire revêtir, elle qui a tenu à passer par l'église avant d'arriver sur la place, le marchand de moutons sue de chaleur en s'essuyant le visage.

— Ah ! tu es là, dit-il, ton pain est gratuit pour les pauvres aujourd'hui, non ?

— Grâce à la Révolution, dit Michel, c'est la mairie qui a payé les tourtes d'orge pour les démunis.

Michel n'est pas plus à l'aise. Thérèse a cru bien faire en lui taillant une nouvelle culotte dans un ancien habit de son mari ainsi qu'une chemise écrue et un gilet de toile bleu foncé. La nouveauté des vêtements le gêne, il ne s'y retrouve pas.

— J'ai l'impression de ne pas pouvoir bouger ! continue-t-il en étirant et repliant les bras.

Adde rit.

— Ma foi, c'est vrai que tu es beau, et ta patronne aussi depuis qu'elle a quitté le noir.

Interloqué, Michel suit le regard du marchand qui cligne les yeux en connaisseur. Sur les marches de la nouvelle mairie, aux côtés du maire et du capitaine de la garde nationale Marin Cantelou, Thérèse a choisi une jupe gris et rouge avec un corselet de toile blanc et un bonnet piqué en coton tout neuf.

— Elle surveille la distribution des pains que j'ai cuits ce matin, poursuit Michel. Mais vous avez raison, elle est encore en âge de se remarier.

Il tousse deux fois en se raclant la gorge pour se donner du courage, le lien lui paraît facile :

— Si j'osais... commence-t-il.

Adde le regarde en haussant les sourcils, incommodé par le soleil, il dégrafe la veste qui l'oppresse.

— Eh bien, fait-il, si tu osais ?

Mais Michel tourne et retourne son chapeau de paille, le tord entre ses mains.

— Votre petite... finit-il par dire.

En une demi-seconde, le visage épanoui du marchand se rétracte. Devant lui, il a maintenant une expression dure, fermée.

— Aurais-je bien compris ? C'est à ma Guillemette que t'en veux ?

Michel articule un faible « oui ».

— Par tous les saints du paradis ! reprend Adde, mauvais, toi qui n'as ni argent ni situation, qui fricotes avec la veuve Baret... tu voudrais épouser ma fille ? Mais tu rêves, mon garçon ! Que cela soit réglé une fois pour toutes, elle n'est pas pour toi !

Puis il plante là Michel déconfit. Ahuri par ce qu'il vient d'entendre, le marchand va retrouver la petite et sa mère. Tous trois montent presque aussitôt dans la charrette parquée près de la place, tandis qu'un bref coup d'œil de Guillemette renseigne Michel : ce fichu Adde a déjà parlé !

Tout au long du jour, Michel a traîné sa peine en tentant de faire bonne figure. Il ne voulait pas exposer sa déception et surtout éviter toute question. Mais le soir, alors que les crincrins des violons enrubannés résonnent encore, que les flûtes et les tambours rythment sur la grand-route les chants patriotiques et les chansons à boire, il s'écroule. Thérèse le trouve affalé sur la table de la salle, la tête entre les mains, pleurant sa colère et son désenchantement.

— Que se passe-t-il, mon grand ?

La nuit est presque tombée sur le bourg et sa fête. Entre les longues traces cuivrées qui ponctuent les masses noires du ciel, de rares étoiles clignotent. Au-delà des dernières réjouissances, les parfums frais de la terre sentent l'herbe grasse et les fruits mûrs.

— Comment avoir du chagrin par un si beau soir ? demande Thérèse en s'asseyant près de lui.

Michel essuie ses yeux, détourne son visage par pudeur, il ne sait pas s'il doit tout avouer ou non. Mais Thérèse le presse de questions, la main sur son bras. Elle a allumé une chandelle près d'eux comme si elle cherchait à les entourer d'une intimité réconfortante. Alors Michel parle. Il dit tout. De sa tendresse pour Guillemette au refus du père Adde et de ses insinuations en passant par la fournée ratée des Bellery et la conduite de la belle Opportune. Et plus il parle, plus il se sent léger, détendu devant elle, recueillie, qui a laissé la main sur son bras.

Le poids qui l'écrasait recule, s'en va, victoire sur le passé. A présent, ses yeux cherchent le regard de Thérèse. Que va-t-elle faire ? Peut-être rira-t-elle ? De son rire un peu lourd qui va briser le charme, détourner le temps, rendre Michel plus ridicule encore ? Il attend, malheureux, ne sachant que faire avec ses doigts repliés, ses ongles qui s'accrochent en se frottant, donnant de petits bruits secs dans le silence.

Elle se tient coite, tête penchée, abasourdie par les paroles, elle qui n'a rien vu, rien soupçonné même. Un papillon de nuit avec son vol aveugle échoue contre la chandelle, il remonte vers la flamme dans un bruissement précipité, brûle comme une feuille séchée, se racornit avant de tomber carbonisé sur la table. Michel serre la main de Thérèse, il a soif, voudrait un apaisement. Dehors tout se tait, la nuit veille entre le ciel et la terre où les limites se fondent, noir sur noir dans un empire continu.

— Puisqu'ils le disent, il est temps de vivre.

Thérèse se redresse, glisse comme une aile de mouette dont elle semble avoir la fragilité. Sa main à la peau blanche va, comme un toucher de plumes, sur la nuque de Michel.

Puis leurs visages, leurs bouches, leurs jambes mêlés, confondus, sans passion, sans vivacité, comme si tout cela devait se faire, survenir. Douceur après le froid, soleil après l'orage. Ils étaient deux, ils sont un dans l'élan de cet amour-fatalité, c'est-à-dire sans cris ni morsures, mais raisonnable, nécessaire, déjà dit.

19

La petite chambre au-dessus du fournil est désormais déserte. Chaque nuit, Michel retrouve Thérèse, le vaste lit à rideaux et la couette en duvet qu'il n'a jamais connus auparavant. Il a la place du maître, exulte intérieurement de cette ascension rapide. « C'est comme avant, a dit pourtant Thérèse. Personne ne doit savoir ! »

Alors l'un et l'autre se taisent, font comme si rien n'avait changé ou presque ; lorsque les enfants reviennent, Michel reprend sa place dans la chambre du fond. Ils veillent tous deux à l'ordre des choses. La tâche est plus facile pour Michel. Il s'est maintes fois posé des questions, a réfléchi sur ce que représentait cette histoire pour lui : en s'accrochant, peut-être un mariage dans quelque temps ? De quoi montrer à tout le monde qu'il a eu une boulangerie comme il voulait, quand il voulait ; mais les sentiments dans tout ça ? Non, pas de coups de cœur qui vous grisent, de forces décuplées sous l'effet de la passion, d'envie de tout et de rien à chaque instant du jour, ce qu'il avait cru ressentir pour Guillemette. Pas grand-chose vraiment qui ressemble à l'amour tel qu'il pensait le rencontrer. Seulement et déjà, le quotidien partagé, le désir d'un corps vite possédé qu'elle lui cède cependant sans réticence, l'apprentissage de l'amour charnel régulier avec cette sorte de curiosité qui n'est qu'un échange obéissant.

« Nous attendrons un peu puis nous nous marierons, lui dit Thérèse lorsqu'il la quitte, retombant sur le côté du lit, à moitié endormi.

— Tu as raison, répond-il, il faut attendre, c'est trop tôt… Nous avons le temps !

— Toi surtout », dit-elle doucement lorsqu'il dort enfin, qu'elle distingue la respiration de plus en plus profonde et qu'elle sourit en pensant : « Enfant ! » Car elle n'a pas compris ce qui se passait en elle, cette attirance soudaine vers celui qui pourrait être son fils et qui, de toute façon, à son insu, l'est devenu plus que le vrai.

Elle aime le corps souple, les jeux dont il est capable, elle s'y soumet en s'étonnant de ce désir qui l'habite, ces facultés qu'elle ne se connaissait plus ou même pas puisque tout est nouveau. Non, jamais avant elle n'a ressenti cet assouvissement total auprès d'un mari négligent, peu sensuel. « Alors, d'où vient que je puisse aussi facilement succomber à cet envoûtement ? » se demande-t-elle.

« Enfant », a-t-elle dit, ce fils revenu, retrouvé comme les migrateurs qui marquent le retour de la belle saison. Elle sait bien que tout est précaire, inutile peut-être, mais elle y croit quand même, s'y accroche sans départager en elle la femme-mère et l'amante. Un peu comme ce jour où Jean-Baptiste, son fils, a ramené sa promise et qu'elle a su alors qu'il ne serait plus jamais là pour elle seule.

A la fin de l'année, Michel apprend que Guillemette se marie avec Jean Delarue, le fils du maire. Beau mariage, un peu précipité certes, mais le père Adde ne s'est-il pas affolé devant les risques que comporterait une liaison entre sa fille et Michel ? Il se méfie du « coureur » assez joli garçon, qui ne craint pas de vivre, à ce que l'on dit, avec une femme bien plus âgée que lui. Pour sa part, Adde n'en est pas non plus à son coup d'essai, on connaît ses aventures sans lendemain avec les servantes qu'il engage le temps nécessaire à ses incartades passagères. La mère Adde ferme les yeux ; incontestablement, elle occupe la meilleure place, mais en guise de compensation rudoie tellement les drôlesses que celles-ci n'ont bien vite qu'une idée en tête : se louer ailleurs.

Ce qui a fait le plus rire Michel, c'est la nouvelle qu'on a colportée dans le pays : pendant la messe de mariage, Adde en personne, fusil de chasse au poing, surveillait les environs, redoutant l'apparition subite du garçon boulanger.

« C'est grotesque ! » a protesté Thérèse. Mais, a-t-elle ajouté d'un air inquiet : « Tu ne l'aimes plus, n'est-ce pas ? »

Michel l'a prise aux épaules, rassurant.

« Tu m'as guéri », a-t-il dit.

Il a mesuré ce que ses paroles éveillaient en eux, pour elle l'amour, pour lui une amitié ambiguë qu'il placera désormais au-delà des ragots.

Cette cassure dans la vie de Michel n'est qu'un prélude à de nouvelles complications que 1791 va faire surgir. A l'enthousiasme des premiers mois succède un avenir qui s'assombrit pour tous, les désordres reprennent.

En condamnant la Révolution, Pie VI ordonne aux prêtres de ne pas prêter serment à la Constitution. Certains obéissent, d'autres n'en tiennent pas compte.

Bientôt tout le clergé est tragiquement divisé et par suite, les provinces tout entières.

La diligence de la poste apporte chaque fois des échos terrifiants de la capitale au carrefour de l'Embranchement, mais il faut parfois plusieurs mois pour que ces informations parviennent dans les petits villages ou à l'extrémité des chemins creux. Lorsque, par un jour ensoleillé de fin août, des voyageurs racontent l'arrestation du roi à Varennes, les paysans s'affolent : ils redoutent le retour de la disette suscitée par des profiteurs qui vont cacher leurs récoltes en attendant les événements. Le maire aidé de gardes nationaux dont leur chef, Marin Cantelou, récemment enrichi d'un bien national de qualité : une terre à blé appartenant à l'ancien prieur de Cahagnes, fait fouiller sans hésitation les greniers et réquisitionner les grains.

Dans le canton de Noireau, d'autres gardes vigilants réussissent à empêcher un piètre citoyen d'aller vendre sa récolte plus cher ailleurs que sous les halles du chef-lieu où, une fois de plus, les boulangers ne trouvent pratiquement plus rien. Ce jour-là, ils ramènent d'office la charrette pleine et distribuent les grains sous la surveillance du procureur de la commune.

Incident isolé ? Rien n'est moins sûr. A peine deux jours plus tard, sur la route qui relie Granville à l'Embranchement, ce sont des journaliers de La Ferrière et de La Besace qui découvrent deux chariots pleins. Venus à la rescousse, tous les habitants dont Marin, le père de Michel, Jacques Vergy et sa femme, les plus vivants bénéficiaires de la Révolution, se partagent les sacs remplis de grains et de farine après avoir injurié et roué de coups les conducteurs imprudents. L'un d'eux d'ailleurs, originaire d'Avranches, meurt peu après des suites de ses blessures. Immémoriale, la peur de la faim les rend fous, c'est pire qu'une blessure, pire que ces charrettes renversées qui estropient pour la vie, c'est une hantise tellement présente qu'on ne voit qu'elle, qu'on ne pense qu'à elle. Gratter la terre, y chercher des vers, des racines, cuire des feuilles, des herbes ou des plantes sauvages, n'importe quoi pourvu que l'estomac cesse ses crampes le temps d'avaler, avant que d'autres douleurs ne déchirent le ventre et vident en deux jours un corps déjà amaigri pour finalement tuer après une agonie sans répit. La disette c'est la mort qui passe, abattant les têtes comme on fauche le blé ou le sarrasin avec la régularité, la puissance de l'habitude. Inexorable comme le temps. Ajoutées à ce terrible tableau dont tous connaissent les affres, il y a la vengeance, la haine envers les nobles et le roi que l'armée ne respecte même plus.

Comment est-ce possible ? A quoi donc a servi l'abolition des privilèges et la chute de la féodalité ?

Au cœur de la tourmente, plus touchés encore par leur parole qu'ils ne peuvent renier, des prêtres réfractaires émigrent pour ne pas être obligés de prêter serment. L'abbé Michel Cantelou est de ceux-là. Après s'être caché durant des semaines, il fait savoir à son filleul, par sa vieille servante, que le moment est venu.

Elle est là, triste ; presque bossue dans la boutique, inquiète qu'on ne l'ait suivie :

— Ah ! monsieur Michel, c'est un bien grand malheur pour nous de le voir partir.

Elle a marché vaillamment dans le froid et sous la pluie, surveillant sans cesse les alentours, passant par des petits chemins où les gardes à cheval risquaient moins de s'aventurer. Thérèse s'empresse : vin chaud et tranche de pain rassis sont vite prêts.

— Venez vous asseoir, ma bonne, vous êtes plus pâle qu'un drap !

— C'est que je me sens plus vieille, plus fourbue que d'habitude, dit-elle en prenant place près du feu de la salle.

Michel est atterré. Son parrain parti, un soutien de taille va disparaître ; et qui sait quand il reviendra, s'il revient un jour ?

— Il m'a dit que si vous vouliez le voir une dernière fois, il compte rejoindre les falaises de la côte dès demain soir, il sera à huit heures de relevée près du cimetière.

La vieille boit le vin avec vivacité, des couleurs rosissent la peau fanée, la réchauffent.

— Je me sens mieux, dit-elle encore d'une petite voix pointue.

Michel se verse du vin coupé de cidre, il est grave :

— Vous pouvez le prévenir que j'y serai, j'ai déjà trop de peine qu'il s'en aille, je voudrais au moins qu'il me bénisse !

Mais lorsqu'un bon moment plus tard ils se retrouvent seuls, Thérèse se serre contre lui.

— Que vas-tu faire ? Tu es imprudent, si des gens te voient, ils peuvent te dénoncer ou vous faire tous arrêter !

Il tente de s'éloigner mais elle se colle à lui, le caresse en insistant d'une voix tendre :

— Je ne veux pas qu'il t'arrive quelque chose, pense à nous !

Elle est là qui l'exaspère et il ne comprend pas pourquoi. Aujourd'hui, il n'a pas envie d'entendre ses recommandations, ce ton geignard qu'elle prend comme une louve à qui l'on retire ses petits.

— Laisse-moi ! dit-il en se dégageant. Je sais ce que j'ai à faire !

Ecartée d'un mouvement sec, elle le regarde déçue.

— Tu ne m'aimes plus !

Michel hausse les épaules, fait une moue dépitée.

— Pourquoi recommences-tu ? C'est à croire que tu le cherches !

Et d'un geste rageur, il ouvre la porte et disparaît.

Jusqu'au soir, ils sont restés ainsi. L'un évitant l'autre comme une alerte qui aurait sonné annonçant le danger. Malheureux aussi de cette distance soudaine qu'ils découvrent pourtant inéluctable. Thérèse, la plus marquée peut-être, s'interrogeant mille et mille fois, cherchant à se confier mais à qui ? Alors, dans cette impuissance houleuse, elle prie, dirige son égarement vers une statuette en bois peint : bleu et blanc, au visage rose sous le voile bordé d'or.

Le lendemain, Michel tient à peine en place. Le départ de son parrain dans de telles conditions, c'est une part de lui-même qui fuit. Il ne parle pas, Thérèse le sent de plus en plus tendu au fil des heures. Quand l'angélus du soir sonne, il se met à frissonner en repoussant l'assiette de soupe fumante.

— A Caen, dit-il, la semaine dernière, les gardes nationaux ont arrêté un prêtre réfractaire et des dizaines de personnes qui priaient avec lui dans l'église Saint-Jean. Si je suis pris…

Mais il ne continue pas. Thérèse pleure comme il ne l'a jamais vue pleurer. Des larmes qui la font tressauter de sanglots contenus, étouffés tant bien que mal par un corps qui tente de se durcir. Michel voit cette douleur qui coule en elle et hors d'elle, ses joues rougies sous la lumière des chandelles, ses mains crispées l'une contre l'autre en un geste de prière et de désespoir. Il a mal de la voir ainsi.

— Ne te frappe pas ! dit-il, mais sa voix heurte la nuit, inaudible pour ce visage chargé d'un chagrin qui ne peut plus rien entendre parce qu'il est tout à lui-même. Je te promets de revenir mais le destin, que peut-on contre le destin ?

Thérèse hoche doucement la tête. Oisillon penché hors du nid et qui voit le vide. Elle devient pitoyable dans cette souffrance qui la rend soudain à l'enfance. Michel s'attendrit enfin. Par-dessus la table, il passe sa main. Chaleur et froid ensemble, les deux mains se superposent, se comprennent dans la pénombre du soir. Fils, mère, amant, jamais ces mots n'ont été aussi mêlés pour elle, mais comment pourrait-elle lui expliquer autrement que par ses larmes ?

Il s'échappe déjà.

— A tout à l'heure, ma belle.

Il ouvre la porte, caresse une dernière fois le visage aux abois.

— Si je suis pris, tu engageras un autre ouvrier en attendant, la boulangerie ne doit pas fermer !

Elle acquiesce du bout des lèvres, appuie son front contre le chambranle. Le froid de la nuit est perçant.

— Il gèle, dit Michel en faisant quelques pas.

Sur ses épaules, la pèlerine du défunt Baret n'est pas de trop, il la serre étroitement en jetant un coup d'œil vers le ciel où la lune est un rond phosphorescent.

— La pleine lune, murmure-t-il. Dommage !

Thérèse le voit se faufiler derrière les arbres bordant la route. Prudent, il avance en se cachant, étonnamment souple dans ses pas légers. Un chien aboie dans le lointain, autour de lui le gel fixe la terre soulevée en crêtes de boue, les seuls miroitements viennent des rares flaques d'eau stagnant dans les fossés. La lune éclaire suffisamment sa progression jusqu'à l'église qu'il contourne en longeant un mur de pierre. Ils sont là ! Michel reconnaît son parrain avec deux hommes qu'il n'a jamais vus. L'abbé étreint son filleul.

— Tu vas devoir veiller sur les tiens, Dieu m'appelle ailleurs !

— Qu'allez-vous faire à présent ?

— Les abbés Guérard et Levasseur m'accompagnent, ensemble nous allons rejoindre à pied la côte et les falaises en nous dissimulant le plus possible. A Port-en-Bessin, une barque nous attend pour nous conduire jusqu'aux côtes anglaises.

— La lune brille si fort que vous pouvez vous faire prendre, s'inquiète Michel.

L'abbé Guérard, habillé comme ses acolytes en simple paysan, bonnet sur la tête, intervient :

— Nous n'embarquerons sans doute que la nuit prochaine, car nous devons pour l'instant parcourir plus de huit lieues !

— Ne nous attardons pas, dit Levasseur. Quelqu'un a pu nous voir…

L'abbé Cantelou donne à Michel une dernière accolade.

— Garde ta foi en Dieu ! Le vrai salut est là ! Nous nous retrouverons tous si le Ciel le permet. Adieu !

Les trois hommes ont tôt fait de s'enfoncer dans la campagne non loin de la grand-route. En les regardant,

Michel sent tout à coup le froid le saisir. Il prend peur. Ces prêtres risquent leur vie à quitter le pays comme de véritables brigands, et qui sait ce qui les attend en Angleterre ? Comme ces nobles qui ont fui la Révolution, abandonnant leurs châteaux à la vindicte populaire et au pillage des malfaiteurs, qui sait s'ils retrouveront leur cure et si oui, dans quel état ?

Quelque chose de lui s'en va avec eux, Michel se sent profondément affecté. Pour un peu, il verserait des larmes s'il ne craignait qu'on le surprenne à cette heure et en plein froid. Il s'éloigne, décide de passer près des terres du capitaine pour le narguer comme s'il devait effectuer un geste héroïque, braver le danger de plus près en signe de solidarité avec son parrain. La vaste demeure semble endormie, seules quelques lumières clignotent du côté des dépendances. « Non, pense Michel, il ne va pas les poursuivre, il doit être devant son feu ! »

Rassuré, il fait un détour par la ferme des Duboscq qui se situe à l'entrée d'un proche chemin, là rien ne bouge non plus ; à croire que ce grand froid repousse les gens vers les âtres, les rassemble comme un essaim d'abeilles autour de sa reine. Michel respire un grand coup ; cette fois, il se sent plus libre, il sait que son parrain et ses amis sont loin du bourg. Ils doivent marcher vite, faire des pauses dans les oratoires ou chapelles épars, loin des gardes nationaux qui préfèrent leur intérieur douillet aux nuits de gelée.

Michel sourit. Bientôt, il va retrouver Thérèse, elle si perturbée par cette périlleuse entreprise qui se termine heureusement bien pour lui. D'ici peu, ils seront à nouveau réunis. En parvenant près des forges à la Queue-du-Renard, non loin d'une remise abandonnée depuis la réfection de la grand-route, il s'arrête brusquement en percevant des bribes de voix. D'abord alarmé, il se dissimule derrière une haie puis s'enhardit jusqu'à s'approcher subrepticement de la vieille porte en bois vermoulu, mal fermée. Qui peut donc se cacher là, à cette heure ? La peur d'une rencontre avec des voleurs le tient en retrait. La prudence le pousse à se glisser courbé sur la pointe des pieds. Un rire sonne.

Un rire de femme amoureuse, clair et léger, puis une voix d'homme lui fait écho. Michel imagine sans peine un rendez-vous galant mais la curiosité est la plus forte. Par la porte entrebâillée, il risque un coup d'œil : des bottes de paille et de foin s'éparpillent sur le sol, une lanterne éclaire un couple presque nu dont on ne distingue pas les visages tant les lieux sont enténébrés. Une jeune femme allongée, gigotant et riant, tente maladroitement de repousser un homme qui a gardé sa chemise mais a déjà dégrafé sa culotte à pont. Il jure et rit aussi en étouffant des cris dans le cou et la poitrine de celle qui faiblit peu à peu avant de devenir consentante. Trop content du spectacle, Michel fronce les sourcils d'un air amusé : ne serait-ce pas la voix du capitaine ? Et ce qui brille par terre, n'est-ce pas les boutons d'une casaque d'uniforme ?

Quel incroyable jeu de circonstances ! Alors même que son parrain court sur les routes du Bocage vers la côte, voilà le capitaine de la garde qui, sous ses propres yeux, prend du plaisir et du bon temps sans même se douter de quoi que ce soit ! A présent, les soupirs des deux amants, le va-et-vient des corps enlacés montrent que le couple est en pleine phase d'amour, Michel ne pense plus à partir, ce qu'il veut voir c'est cette jeune femme dont il entrevoit les seins menus qui se tendent sous les mains avides et fébriles tandis que les fesses du capitaine font une tache claire et mouvante dans la demi-obscurité. Au moment où Michel commence à se désintéresser du groupe pour tomber dans une semi-léthargie, un long cri le fait sursauter, cette fois le capitaine vient de finir sa besogne en se rejetant vers l'arrière et laissant échapper un râle d'extase, comme un véritable hussard qui se respecte ! De plus en plus hilare et audacieux, Michel ose se pencher davantage : le chef de la garde nationale a roulé sur le côté et la jeune femme se soulève légèrement. Elle rabat sa longue jupe et prend le corsage défait à ses pieds. Quand elle s'assoit pour l'enfiler, la lumière éclaire ses seins ronds aux aréoles brunes, Michel qui ouvre grands ses yeux détaille la bouche et le nez… Il n'a que le temps de se repousser en taisant un vrai juron : « Nom de Dieu ! » Cloué sur place, il n'arrive plus à ordonner ses pensées et n'articule qu'un seul nom : « Marguerite ! » Oui, c'est bien sa sœur qui se rhabille calmement, ajuste ses vêtements, ramasse ses cheveux sous le bonnet avant de se lever complètement :

— Je dois rentrer, entend-il. Si les parents se réveillent, ils vont me chercher.

La voix plus que familière la confond pour de bon.

Que faire d'autre sinon attendre ? Michel se plaque contre une paroi de la grange, c'est son sang qu'il entend battre maintenant avec son cœur qui cogne à se rompre. Des bouts de conversation lui viennent aux oreilles mais il n'y prend plus garde. Il voudrait briser le capitaine comme une branche desséchée, le laisser ensanglanté dans le froid et la nuit pour qu'il ait le temps de regretter… Et elle ? Marguerite qui cache si bien son double jeu au fond de ses yeux pâles ; la fausse dévote, la traînée, juste bonne à se faire culbuter par un soudard ! Il n'en peut plus de colère. Elle monte en lui comme la marée, le submerge de ses vagues infernales, noires comme l'encre de la nuit, dures comme ses ongles enfoncés dans les paumes de ses mains. Le couple sort, Michel a juste le temps de contourner la bâtisse. Dans un geste trivial de soldat, le capitaine claque la croupe de Marguerite qui s'écarte aussitôt.

— A bientôt, belle enfant, viens me voir au manoir, demande-moi le jeudi matin, c'est le jour où ma femme va au marché.

Elle le regarde à peine, engagée sur le chemin du retour.

— Entendu ! laisse-t-elle échapper.

Le capitaine s'éloigne à grands pas, happé par l'obscurité. Michel s'apprête à bondir, mais il est frappé par l'absence de tendresse entre ces deux-là. Il suit Marguerite qui se retourne plusieurs fois, vraisemblablement alertée par le bruit de ses pas foulant les herbes craquantes... En un court laps de temps, il est sur elle, la ceinture de ses bras en lui intimant l'ordre de se taire. Elle avale un cri rauque et s'immobilise, terrorisée. Aveuglé par la fureur qu'il a contenue tant bien que mal, Michel la roue de coups, la projette sur le sol en la traitant de tous les noms :

— J't'ai vue, putain ! J't'ai vue avec lui...

Elle se met à pleurer ; lui aussi. Elle se mord les lèvres pour ne plus crier ; lui aussi. La lutte devient sourde, les corps faiblissent, Michel s'est tant démené qu'il est en sueur, il l'a battue sans se contrôler avec ses mains, ses pieds, éberlué de voir ce corps sans résistance, inerte comme un sac plein de farine. Il s'attendait à un combat, il le voulait. Qu'une force réponde à la sienne et l'affrontement devenait exutoire, libérateur, mais là ? Marguerite s'est pelotonnée, les mains sur son visage, passive, en attente. Michel s'épuise, sous ses yeux injectés de sang et de larmes, il ne sait plus si c'est Louison ou Marguerite.

Louison qu'il aurait aimé battre aussi, rouler sur le chemin pour la punir d'avoir déclenché le plaisir sans prévenir, fière d'un savoir qu'il ne soupçonnait même pas. Et c'est comme s'il gardait cette image ; plaisir consenti, dérobé, il ne sait plus où est le bien, le mal, il veut dominer lui aussi, sentir la possession, cette façon d'asservir, d'être le plus fort. Une femme est là, recroquevillée dans le chemin sombre, une femme symbole de celles qui l'ont dépossédé de lui-même, raillé. Mais une femme qui est sa propre sœur. Lorsqu'il s'arrête, il n'en peut plus. Le souffle court, il s'assoit à côté d'elle qui geint.

— Je vais te ramener chez les parents, dit-il. Tu diras que ce sont des voleurs qui ont voulu t'attraper. Si tu revois le capitaine, je te jure que je te tuerai, tu nous as déshonorés !

Elle ne fait que gémir tandis qu'il la prend entre ses bras, qu'il la porte en avançant. Frêle contre lui, aérienne, il ne la sent même pas, il marche et revoit les images de ce qu'il vient de découvrir, des images d'un tel réalisme qu'il voudrait vomir, les extirper de lui parce qu'il sait que les coups n'ont rien effacé, n'effaceront rien. « Mais pourquoi ? pourquoi ? » pense-t-il en levant les yeux. C'est une question qu'il pose à l'infini qui les entoure. Tout à coup, il a envie d'embrasser Marguerite, de poser sa bouche dans les cheveux décoiffés, une folie de plus. Mais comment résister aux événements d'aujourd'hui ? Comment ne pas perdre la tête devant l'inextricable enchevêtrement du destin ?

Il arrive, la pose délicatement par terre. Elle se dresse, tremblant de tous ses membres, claquant des dents.

— Tu y es ! Va réveiller le père, mens une nouvelle fois ! lui ordonne-t-il.

Elle le regarde sans broncher, les yeux dans ses yeux, du sang macule son menton, ses bras meurtris, elle va parler, dirait-on, mais elle tire sur sa jupe, ajuste son corsage et se retourne toute droite pour rentrer dans la maison.

— Dieu soit loué, tu es là !

Thérèse est assise près de la cheminée, guettant depuis des heures. Elle n'a même pas pu se mettre au raccommodage des draps qui restent en pile dans la corbeille. Elle se lève, hésite. Courir vers lui ? Oui, mais hier il était encore si lointain, si peu enclin aux transports.

— Raconte-moi ! poursuit-elle en joignant les mains. Ont-ils réussi ?

Michel s'approche, elle le voit abattu, ne comprend pas sa peine.

— Ils ont été pris ?

Michel secoue la tête, défait sa pèlerine d'un coup sec en la jetant sur le sol. Il s'empare d'un tabouret près de la table, se laisse tomber dessus, le front entre les mains.

— Ecoute ! fait-il.

Et il raconte, se délivre encore auprès d'elle toujours attentive, qui s'est assise à son tour, n'osant pas le toucher.

Un silence envahit la pièce, porte leur tristesse et leurs fronts soucieux.

— Peut-être... dit lentement Thérèse, peut-être qu'elle l'a fait exprès !

Médusé, Michel se tourne vers elle.

— Que dis-tu ?

— Oui, reprend-elle. Pendant ce temps, elle était sûre qu'il n'allait pas poursuivre les fugitifs...

Deux heures sonnent au clocher, la seule mesure du temps qu'ils aient avec le grand sablier qu'on laisse au fournil.

— Déjà le matin ! dit tout haut Michel.

Il souhaiterait que le jour se lève, avec lui le poids qui semble écraser sa poitrine, qui vient de s'enfoncer un peu plus avec les paroles de Thérèse. « Et si c'était vrai, pense-t-il, si elle avait eu cette espèce de dévouement jusqu'au sacrifice ultime ? »

Il est debout, marchant d'un coin à l'autre, bras croisés, méditant les mots, les tournant dans son esprit comme s'ils allaient faire jaillir la vérité.

— Je crois qu'elle l'a fait exprès, redit Thérèse avant de s'interrompre un moment puis de continuer tout bas : Tu n'aurais pas dû la frapper !

Blessé, Michel lui tourne le dos, il veut cacher son désarroi mais se reprend presque aussitôt, il se ramasse comme un chat prêt à sauter, fait volte-face vers elle en pestant :

— Le capitaine ! Je l'écraserai comme un tas de boue qu'il est, une vermine malodorante !

En même temps, il jette brusquement dans le feu une chandelle qui brûlait tout près, et qui fait surgir en crépitant une longue flambée jaune d'or.

20

L'aube est éclatante. Le gel a débarrassé le ciel, éloigné les nuages. Thérèse s'est à peine assoupie.

— Tu ne dors pas ?

Allongé à ses côtés, Michel a gardé ses habits.

— Je ne peux pas, dit-il.

Son regard va vers la fenêtre, revient vers elle.

— Je viens de m'étendre, j'étais au fournil pour nettoyer, il fallait que je bouge...

Pensive, elle contemple un instant le ciel bleu.

— Nous devrions... dit-elle en se tournant vers lui.

Ses cheveux dénoués cachent une partie de son visage, redonnant à l'autre un air étonnant de jeunesse.

— ... nous marier, achève-t-elle.

Michel croise ses yeux, l'ardeur juvénile qui s'y lit le rend perplexe, il ne sait pas s'il doit se réjouir.

— Et tes enfants ?

Il interroge les prunelles foncées qui le fixent, la bouche charnue aux commissures marquées, le front encore lisse. Elle devient grave, se détourne pour s'asseoir sur le lit, boutonne sa chemise entrouverte.

— C'est le plus dur, dit-elle. Les convaincre.

Trop préoccupé par ce qui s'est passé, Michel pense toujours à Marguerite.

— Demain, en allant au marché, je la verrai.

Leurs phrases voguent sur des voies parallèles. Thérèse s'aperçoit de la tournure que prennent leurs propos ; chacun suit le fil de ses pensées : deux rivières qui ne se rejoignent pas, coulant l'une à côté de l'autre dans leurs lits respectifs. L'une avec ses eaux ardentes, impétueuses, l'autre plus calme qui cherche des étangs où se reposer.

— Tu as raison, il faut prendre de ses nouvelles, finit-elle par dire en versant de l'eau dans la cuvette en faïence, vaincue.

Michel a revu Marguerite. Derrière son petit étal de pains d'orge, de sarrasin et même de maïs, il l'a vue arriver de loin parmi les acheteurs et les marchands.

Le froid durait depuis deux jours avec des gelées persistantes. On craignait déjà pour les récoltes d'été. Michel répondait distraitement aux questions de ses clients, un œil aux aguets vers l'allée centrale.

Dans le brouhaha des cris de vendeurs et de volailles, il avait vu passer le père Adde, feignant l'habituelle indifférence depuis la demande en mariage, comme si cet acte avait placé Michel définitivement hors de son champ de vision, à moins que ce ne fût l'état de concubinage qui se colportait à droite et à gauche, aliment substantiel des commères malintentionnées. Michel avait surtout reconnu la longue jupe marron, effilochée à l'ourlet dépassant du tablier, le panier rafistolé par Marin et le visage encore tuméfié... Marguerite aussi l'avait aperçu : échange de regards, amertume et chagrin teinté de reproche muet, elle s'était figée dans l'allée, ne pouvant ni avancer ni reculer. Certains avaient voulu la déloger en la bousculant : « C'est-y pour aujourd'hui ou pour demain ? » Rires, commentaires qui s'évanouissaient aussi vite que les lurons en goguette... Marguerite ne bougeait toujours pas. Il lui fit signe le premier, timide, presque gauche : « Allez, viens ! » Elle répondit d'un hochement de tête, serrant contre elle son vieux panier, progressant dans une marche saccadée. Enfin, ils furent face à face.

— Ce pain, dit-il, prends-le !

Michel tendit une demi-tourte de méteil, cuite du matin. Elle protesta :

— Mais la veuve...

— Elle sait, continua-t-il. C'est elle qui m'a prié de te le remettre.

— C'est trop, dit Marguerite en prenant le pain. Trop pour nous...

Heureuse soudain de ce cadeau, elle s'anima, sourit.

— Il nous fera huit jours, je le garderai bien dans un torchon de lin, il paraît que ça aide à le conserver frais.

Embarrassé, Michel se taisait en évitant de trop la dévisager ; enfin, après un silence, il sentit le moment propice.

— Dis-moi : pour l'autre soir...

Il crut qu'elle allait se trouver mal tant elle devint blanche et crispée.

— Regarde-moi bien, fit-elle d'une voix sourde entre ses dents serrées, et ses yeux en étincelaient. Je savais que le parrain partait, je l'ai fait pour lui et pour lui seul, pour qu'il ait le champ libre !

Elle se tut brusquement, pivota sur elle-même et s'enfuit en courant, tenant son châle de laine d'une main, de l'autre le panier avec la demi-tourte. Michel la vit glisser entre les passants, vive et agile comme les truites dans les ondes de la Seulline.

A cet instant une voix féminine se fit entendre :

— Moi aussi, je voudrais du pain !

Machinalement, Michel allait proposer ses prix lorsqu'il s'arrêta net : devant lui, narquoise et sûre d'elle, poings sur les hanches, se balançait Louison. Plantée devant l'étal, elle avait beau tenter de séduire, de paraître enjôleuse, il était facile de résister. Michel détailla le visage grêlé, craquelé comme une faïence qui aurait éclaté à la cuisson. Seuls le nez, les yeux et la bouche échappaient à ce désastre, intacts avec les cheveux frisés sous le bonnet. Que lui était-il donc arrivé ?

Il rougit, fronça les sourcils pour se reprendre mais elle avait saisi sa surprise, l'interpréta :

— Tu vois bien, fit-elle agressive, Dieu m'a punie ! On a cru que j'avais le feu de Saint-Laurent, mais il a bien fallu se rendre à l'évidence, c'était la petite vérole.

Elle ne cessait de le fixer effrontément, testant l'effet de chacun de ses mots, attendant de voir se peindre l'horreur sur les traits du jeune homme. Une horreur qu'elle-même éprouvait quotidiennement lorsqu'elle découvrait son image dans un miroir après s'être enduite pour la nuit d'un onguent ou d'un cataplasme de plantes à base d'« éclaires » et de « besles [1] » préparé par quelque guérisseuse avertie.

Que pouvait dire Michel ? Il fit semblant de pousser ses pains, de les aligner dans un autre sens. Ces longues

1. Chélidoine et faux cresson.

années entre eux avaient accompli l'éclatement du temps. Il n'éprouvait ni pitié ni compassion, souhaitant simplement qu'elle s'en allât au plus vite, maintenant que tout était achevé.

— Demain, un roulier de l'Embranchement va m'emmener, dit-elle encore.

Elle perdait de son agressivité, désigna une tourte de maïs.

— Donne-m'en un quart de livre, ça suffira bien !

Elle comprenait petit à petit qu'elle était la seule à s'en faire un monde, Michel ne ressentait rien d'autre que de l'embarras.

— Je ne gênerai plus personne par ici, continua-t-elle en posant trois sous près de la balance. Je m'en vais à Rouen ou Yvetot dans les pays d'en haut…

— Ah ! fit Michel que plus rien n'étonnait.

En prenant les sous, il eut un mouvement de recul. Puisqu'elle partait, il pouvait faire un geste qui lui rendrait cette dignité qu'un jour elle lui avait volée. Il hésita une seconde.

— Tiens ! dit-il. Pour toi, ça ne sera qu'un sou.

Bouche bée mais calculatrice, elle s'empara vivement de l'argent.

— Et ta patronne, que va-t-elle dire ?

— C'est moi le patron, dit calmement Michel.

Elle recula alors d'un pas puis de deux, le poing fermé sur son argent, fixant Michel comme une apparition.

— Merci, grogna-t-elle enfin avant de tourner les talons.

Elle agita sa main en guise d'adieu et disparut dans la foule.

Michel retrouva Thérèse vers le soir et ne lui parla que de Marguerite. A quoi bon mentionner Louison ? C'étaient là les méandres du destin qui n'éclaboussaient pas leur vie commune. Il choisit donc le silence mais alors que le vent se levait, amenant la neige et l'humidité, il aima Thérèse avec une passion dont elle fut flattée, se demandant seulement pourquoi il montrait cet excès de tendre ardeur.

21

Depuis ce jour, Louison franchit les portes de sa mémoire. Michel s'en trouve mieux, il sent devant lui se redresser la route ; le but de son existence revient en force le tarauder. Cette boulangerie qu'il désirait, qu'en est-il ? Pour l'instant sa vie avec Thérèse lui donne l'illusion d'être un patron. Illusion fragile, que la présence épisodique des enfants Baret suffit à balayer. Il a même remarqué que le fils aîné lui battait plutôt froid, à présent. C'est que cette situation et les ragots qu'elle suscite dérangent forcément les esprits. « Je n'arrive pas à leur parler, dit Thérèse en se confiant après chacun de leur départ. J'ai peur qu'ils nous rejettent, comprends-moi ! »

Mais Michel ne pose aucune question. L'idée du mariage est avant tout pour lui une façon de devenir un possédant, de partager un fonds de commerce et surtout d'y engager un mitron, signe de rang social.

Lorsque son travail le lui permet, il se perd dans ses réflexions, s'aperçoit qu'il n'éprouve plus ou presque plus d'amour pour Thérèse, s'interrogeant même pour savoir si derrière leur histoire ne se profilait pas avant tout l'avantage de la boutique.

Les vingt années d'écart entre eux sont des sillons profonds, des lézardes qui se creusent sans espoir d'être comblées un jour. Il les sent jusqu'au fond de sa chair qui se désintéresse du corps de Thérèse. Elle devient la sœur, la mère ou plus encore la douce amie mais s'éloigne irrémédiablement du rang d'épouse et de maîtresse. Ce changement qu'elle perçoit aussi redouble sa prudence auprès de ses enfants.

Parfois, sans prévenir, elle arrive dans le fournil, pousse la porte et se tait d'abord en le regardant cuire, puis elle s'assoit sur une marche.

« S'ils ne voulaient rien entendre, que ferions-nous ? »

Michel comprend à demi-mot. Elle réfléchit au projet qu'elle a bâti elle-même, souffrant de cette injuste situation et du défi qu'un tel mariage représenterait. Il la rassure :

« On verra, ne t'inquiète pas tant ! Si les choses ne se font pas, c'est que nous n'aurons pas pu ou pas su les faire. Patiente encore ! »

Le doute qui les habite jette déjà le pont vers l'avenir. Michel a beau essayer de l'apaiser, Thérèse est angoissée, partagée entre la sagesse et ce besoin qu'elle a de lui, de sa présence auprès d'elle comme un réconfort constant. Mais tant d'impossibilités se dressent autour d'elle, en elle, qu'elle en perd l'appétit, le courage, elle se ronge à trop les méditer.

Les jours pourtant continuent leur ronde, soumis aux événements ou les fomentant en ces saisons troublées. Ce sont d'abord des prêtres constitutionnels, envoyés de la ville, qui prennent la place des émigrés. Puis, comme un coup de tonnerre en avril 1792, la guerre est déclarée entre la France et l'empire germanique. On réquisitionne à nouveau des chevaux d'attelage et des grains pour les greniers de l'armée. Ces restrictions appauvrissent encore les campagnes affaiblies. Du nord à l'est, la France est envahie et la Législative déclare la patrie en danger, enrôlant des volontaires.

Dans le Bocage, ils sont peu nombreux : seuls quelques chômeurs et pauvres bougres se présentent au capitaine Marin Cantelou, plus zélé que jamais. Parmi la maigre file de va-nu-pieds, une surprise de taille va vite se répandre dans le canton : la présence de Charles de Chantepie, le fils du seigneur !

— Je viens m'engager pour défendre la patrie, j'ai vingt ans...

— Comment ? bredouille le capitaine, assis devant un registre dans une salle de la mairie. Toi, un fils d'aristocrate, un ci-devant, tu aurais dû partir avec les émigrés !

— Ma place est ici, répond le jeune homme enflammé, aux côtés des défenseurs de notre terre. Nous avons toujours fait ainsi dans la famille depuis Jeanne d'Arc !

Sidéré, le capitaine prend sa plume d'oie, inscrit le nouveau nom sur la liste.

— Très bien, citoyen ! Comme tu voudras.

Grâce à ces combattants, les Prussiens sont arrêtés à Valmy et la République est enfin proclamée. Mais les consciences sont inquiètes et les esprits attentifs ; combien de changements déjà et de bouleversements en trois ans ! Et cela continue...

Aux élections municipales suivantes, le maire Delarue, jugé trop conservateur alors que deux ans plus tôt on le considérait libéral, est remplacé par un artisan plus populaire. Les royalistes, eux, toujours actifs, vont habilement préparer le terrain à la chouannerie qui va s'étendre en Bretagne, dans le Maine et dans l'Orne. Le Bocage est alors sillonné de colonnes envoyées de part et d'autre par les chefs des deux camps, royalistes et révolutionnaires, pour s'assurer la possession des villes ou des bourgs stratégiques et pour, naturellement, piller les campagnes déjà exsangues. Mais tandis que les régiments des Bleus, ou républicains, arrivent au grand jour avec fanfares, par la grand-route et le carrefour de l'Embranchement, leurs adversaires catholiques et royalistes, surnommés les Blancs, s'introduisent comme des oiseaux de nuit dans ce pays boisé qui leur est familier. Ils se glissent à travers les chemins creux et les taillis pour surprendre leurs ennemis et par la même occasion les paisibles habitants. Cette guérilla intérieure va durer du printemps 1793 jusqu'en 1800, année où les derniers chefs de la chouannerie seront pris et fusillés par les Bleus. Pendant huit années, les vagues successives des « Blancs » et des « Bleus » vont déferler et, chaque fois, se retirer en provoquant bien des drames et des ravages.

Un soir de l'été 1795, alors que Marin rentre des champs, Marguerite, abandonnant le panier qu'elle tressait, s'affaire entre la cheminée et la table. Dans le coin le plus sombre, Catherine est là, tête baissée vers le sol, ne pouvant même pas avaler un bol de soupe sans aide. La pièce n'a pas changé depuis que Michel est parti, revenant pour de rares et rapides visites. Jacques Vergy a seulement prêté main-forte à Marin pour colmater quelques brèches dans le chaume qui recouvre le toit. Il est presque dix heures dans cette belle nuit sans lune au ciel constellé d'étoiles quand une chouette ulule à deux reprises près du jardin.

— Tiens ! s'étonne Marin qui pose sa cuillère sur la table. Elle ne chasse pas si tôt, d'habitude...

Marguerite est debout, tendant des cuillerées de soupe à Catherine, elle se tourne vers son père.

— C'est peut-être le petit Marc qui s'amuse ?

Mais elle n'a même pas le temps de terminer qu'un bruit infernal lui fait lâcher le bol de soupe et que la porte cède brutalement. Deux hommes masqués, pistolet à la main, se dressent dans l'embrasure. Les cris effrayés des occupants ne les retiennent pas.

— C'est bien toi, Marin Cantelou ? interroge le premier au grand chapeau, menaçant.

Marin s'est levé, abasourdi par cette irruption, il hoche la tête, pouvant à peine répondre. En voyant le deuxième homme plus petit s'approcher, il tente de reprendre son calme :

— Je n'ai rien fait, voici ma fille et ma femme, vous vous trompez !

— Suis-nous ! ordonne le premier dont un scapulaire en or brille sous l'éclat des chandelles. Et dis à ta fille de se tenir tranquille, sinon gare à elle !

Tremblant de la tête aux pieds, Marguerite supplie :

— Par pitié, laissez-le ! Nous n'avons pas d'argent ni de grains...

Mais ils saisissent déjà Marin, lui attachent les mains derrière le dos et le bâillonnent en l'entraînant au-dehors. Ils laissent Catherine et Marguerite qui se prend le visage à deux mains, tombe à genoux en pleine crise de désespoir.

— Seigneur Dieu, prenez pitié, sauvez-nous !

Dans la confusion de branches cassées, de froissements d'herbes qui règne dans la nuit, elle n'entend que des vociférations inintelligibles avant une injure plus distincte :

« Foutu capitaine ! » puis une voix reprend, plus solennelle : « Pour notre roi Louis XVII ! »

Alors, une détonation fulgurante déchire l'ombre et, le silence revenu, se répercute dans la campagne endormie, fait fuir bêtes et oiseaux à travers les fourrés, puis des pas résonnent encore mais cette fois dans une course vers la grand-route. Enfin le calme s'installe et la nuit tranquille vibre à nouveau de ses parfums et de ses souffles. La tragédie a duré cinq minutes.

Marguerite sort enfin. Elle tient l'Oribus qu'elle a décroché du manteau de la cheminée et cherche Marin. La peur et les larmes l'empêchent de bien voir, elle marche au hasard, appelant faiblement : « Père, père... » Le vent qui s'engouffre dans les buissons et les feuilles la fait sursauter. A chaque pas, elle croit voir réapparaître les deux chouans et leurs armes.

Elle dépasse le jardin, se dirige vers le chêne, essuyant d'une main son visage mouillé ou relevant sa jupe de peur de buter contre une racine. Tout à coup, c'est son pied droit qui heurte une masse molle ; en étouffant un cri, elle dirige la flamme de la chandelle vers le bas et s'agenouille. Marin est là, gisant de tout son long sur le ventre, les mains encore attachées par une cordelette. Elle pose l'Oribus, s'affole :

— Père, répondez-moi !

Elle retourne le corps dans l'herbe froide et se met à hurler, « Non ! », recule, hagarde, crie encore dans la nuit :

— Ils l'ont tué, il est mort, mort !

Elle retombe à nouveau, secouée de sanglots haletants, pitoyablement seule dans son atroce découverte car Marin n'a plus de visage, la poudre lui a arraché la face et une infâme bouillie de sang s'étend autour de son corps.

22

Thérèse ne comprend pas qui peut faire un tel vacarme en pleine nuit.

— Calmez-vous ! on vient...

Elle a revêtu une cape pour cacher sa chemise ; encore tout ensommeillée, elle questionne :

— Qui est là ?

Elle ouvre prudemment le « viquet[1] », détaille les deux porteurs de torches qui viennent de frapper.

— Vergy ! Hamel ! Que se passe-t-il ? s'exclame-t-elle en s'empressant de les faire entrer.

— C'est terrible, dit Jacques Vergy qui a les traits décomposés, les chouans !

Il ne peut continuer, se met à pleurer comme un enfant. Hamel, l'aubergiste, intervient :

— Donnez-nous de la goutte pour nous remettre, une histoire affreuse vient de se produire.

Il ne donne pas plus de détails. En apercevant Michel :

1. Petite ouverture ménagée dans une porte.

— Aide-moi ! lui demande-t-il, nous allons porter Jacques jusque dans la boutique pour qu'il s'assoie...

Réconforté par l'eau-de-vie, Hamel commence à raconter :

— Ils étaient bien armés, je les ai aperçus quand ils ont rejoint le bas de la grande côte, impossible de savoir qui étaient ces criminels masqués...

Jacques s'empare des mains de Michel.

— Il va te falloir du courage, mon petit, ils sont passés par chez toi...

Interdit, Michel s'arrête même de respirer. Qu'ont-ils donc pu faire chez ses parents ? Il se redresse d'un seul bloc.

— Marguerite ! dit-il.

Mais des visages fermés qui l'entourent, pas un n'acquiesce ; au contraire, les deux hommes se pincent les lèvres, font aller leur tête à droite et à gauche en signe de dénégation.

— Alors ? dit Thérèse, apeurée, parlez !

Encore ému, Jacques fixe Michel.

— C'est ton père, dit-il d'une voix blanche, ils ont dû le confondre avec le capitaine à cause du nom... Ces vauriens lui ont fait sauter la cervelle !

En quelques secondes, Michel est dehors. Il court sans tenir compte des prières de Thérèse qui le supplie de l'attendre, ni des deux hommes qui vont d'un pas plus lourd. Ce qu'il veut, c'est retrouver les siens, voir une dernière fois son père. Dans sa hâte, il écarte d'un geste rageur les branches et les bosquets, jure quand il se tord les chevilles en dérapant sur le sol. Il a l'impression pourtant de ne pas avancer tant il voudrait déjà s'y trouver. « Tué ! se répète-t-il pour encourager son élan, ils l'ont tué ! »

A l'arrivée, il trouve Louise Vergy qui voile les ruches en signe de deuil. Il entre alors dans la salle éclairée de chandelles. Sur le lit où l'on a jeté un drap blanc repose le corps de Marin, la tête enveloppée d'un tissu de toile grise. Les mains sont croisées avec un chapelet aux grains de buis. A ses pieds, Catherine oscille d'avant en arrière, plus perdue qu'habituellement, et Marguerite essaie de prier entre ses pleurs.

L'ombre de son parrain semble habiter les lieux. Qui pourrait en effet, mieux que lui, en ce terrible moment, prononcer les mots justes ? Michel ressent soudain, plus aigu, plus percutant, le choc de la séparation. Marin, l'innocent assassiné par méprise, et son frère Michel, exilé dans un pays dont il ne connaît rien. Solitude et douleur s'accrochent à la maison frappée par le malheur.

Peu après, Thérèse, Jacques et le père Lelièvre, prêtre constitutionnel de la paroisse Saint-Vigor, sont là pour organiser les funérailles.

— Je t'aiderai, dit Thérèse à Michel, j'ai pu mettre de l'argent de côté.

Il ne sait pas s'il doit accepter ou non, une seule chose domine sa peine lorsqu'il se remémore les dernières paroles de son parrain avant sa fuite. Sa place est ici maintenant, pour aider sa mère et sa sœur. Comment expliquer cela à Thérèse ?

Vers le milieu de la soirée, alors que les feux du premier chagrin s'estompent, un galop en provenance de la grand-route alerte Louise. Par compassion, elle est restée auprès de la famille tandis que Thérèse est repartie à Villers. Cette nuit, elle veillera le corps de

Marin avec Michel pour permettre à Marguerite de se reposer. En attendant, elle se précipite vers la fenêtre, découvre stupéfaite le capitaine de la garde nationale qui attache son cheval devant la maison, avant de frapper à la porte.

Il s'apprête à entrer, enlève son chapeau, perdant de sa belle arrogance.

— J'ai su, dit-il.

Mais il s'arrête net en découvrant Michel à deux pas de lui qui le défie, une faux à la main :

— Dehors ! vous n'avez rien à faire ici...

D'un bond, Louise et Marguerite sont sur le jeune homme, lui retiennent le bras.

— Garde ton sang-froid, voyons, cela ne sert à rien !

Mais il se débat, cherche à se libérer, furieux.

— Laissez-moi ! Tout est sa faute, il paiera, je vous le jure !

Le capitaine s'esquive à temps, la faux frôle son épaule. Profitant du déséquilibre du boulanger, il attrape Michel, le maintient d'une torsion du bras.

— Calme-toi, garçon ! Par respect pour ton père, on ne se bat pas ici !

Les mots et la force apaisent Michel qui cède de mauvais gré.

— C'est bon, dit-il en se dégageant sèchement, puis il va se poster, dos tourné près du lit mortuaire, marquant ainsi sa désapprobation.

Le capitaine est venu pour rassembler des renseignements sur les chouans.

— Bergoy-la-Commune, explique-t-il, le garde champêtre, a été arrêté. On pense qu'il est de mèche avec eux, quelqu'un a reconnu sa démarche de guingois et sous sa couche, on a découvert des assignats...

Marguerite, encore trop bouleversée, ne peut guère donner d'indices déterminants sur le signalement des deux hommes. Avant de partir, le capitaine fait un geste surprenant, il tire de sa poche une bourse qu'il pose sur la table.

— Je veux payer l'inhumation, dit-il à voix basse, je lui dois bien ça !

Il s'adresse à Marguerite qui se tient livide, épuisée :

— S'il en reste, tu le garderas !

Il a pitié de ce corps abattu qu'il a connu frémissant de plaisir et qui ne lui en donnera plus, il le sait maintenant, précisément dans ce crépuscule d'été qui rougeoie sur les collines assombries. Bénissant son cousin de loin, avec la petite branche de buis accrochée près de l'entrée, il pense à ce qu'il a découvert : le plan de fuite des abbés Guérard, Levasseur et Cantelou coïncidant avec les brusques manœuvres de séduction de Marguerite. Puis, justement le même soir et une seule fois, la chair qui s'offre dans la grange... Il a de lui-même établi les liens, emboîté les rouages de l'histoire et compris. Il sort, replace son tricorne avant de s'en aller vers ses terres, soulagé.

Tout le village suit le cercueil transporté par la charrette du maréchal-ferrant dans un jour gris, comme si la nature mettait aussi sa lumière en deuil. Vent, pluie chaude sur la campagne ; la file de gens simples s'allonge à chaque ferme. Des gardes nationaux et le capitaine ferment le cortège tandis que le curé balance son encensoir, encadré par deux enfants de chœur. Marguerite ne pleure plus, droite, courageuse, allant d'un pas assuré.

A côté d'elle Michel est pâle, les traits creusés. Viennent ensuite Jacques et Louise. On a confié Catherine à une vieille voisine qui ne pouvait se déplacer. « L'innocente, a dit le curé, la citant en chaire comme exemple, plus proche que nous du royaume des cieux... »

Dans l'enclos sacré, avant que le cercueil en hêtre aux poignées ciselées, au crucifix d'étain soudé sur le couvercle ne descende dans la fosse, le village a pu admirer le travail du menuisier.

« Je veux quelque chose de beau ! » avait commandé Marguerite en donnant le sac d'écus. Elle n'avait jamais eu autant d'argent entre les mains et ne voulait rien en garder. Elle avait choisi le bois teinté et la façon comme un dernier cadeau : le plus beau et le plus visible.

C'est lui qu'elle regarde au bord de la fosse alors que Michel pense à son frère Charles, ses sœurs Jacqueline et Anne emportés par l'Ankou, ensevelis ici avant Marin. La Familière avait exprès pour lui changé de visage, raffinant ses ruses, s'abattant sur lui par surprise, brouillant les pistes.

A la sortie du cimetière, pas de repas prévu ; l'argent du capitaine a été entièrement utilisé, il ne reste rien. Tous se dispersent alors vers les champs ou les logis, parlant encore du mort et de la manière dont on l'a tué.

Un garde, envoyé par le capitaine, s'approche timidement de Michel et de Marguerite :

— Bergoy-la-Commune a parlé, on a pu mettre des Blancs sous les verrous, mais on ne pense pas que ce soient eux qui aient tué votre père. En tout cas, nous avons les moyens de les faire avouer si besoin est !

Le garde national vient de débiter sa phrase d'un seul jet, il s'essouffle à suivre Michel qui ne s'arrête ni ne le regarde. Michel accélère volontairement l'allure, dépassant Marguerite ; il veut voir les bords de la Seulline, retrouver un peu de son enfance et du cadre qu'il aimait. Des repères sont tombés dans sa vie. Il va falloir apprendre à vivre en chef de famille, à réaliser les vœux de son père qui prévoyait sa réussite avec l'acquisition d'une boulangerie. Mais cet avenir, il le voit maintenant sans Thérèse et plus présent auprès des siens qu'il a délaissés.

Le ciel s'alourdit de plus en plus. Une pluie drue tombe, crépitant sur l'eau, perçant la surface de milliers d'épingles. Michel demeure là, au bord de la rivière, mêlant ses larmes à ce déluge, indifférent.

23

Les jours suivants, des renforts de chouans, possédant moins d'armes à feu que de fourches et de couteaux, ne laissent pas échapper leurs ennemis. Débusqués avant l'aube, des prêtres constitutionnels aussi bien que des conseillers municipaux payent de leur vie ce que les Blancs appellent trahison et sacrilège. Leurs corps sont exposés pour terroriser le pays. Les Bleus, obéissant aux ordres du désormais seul Marin Cantelou, répondent par la même violence, déportant et guillotinant sans pitié.

A Villers, dans la boulangerie Baret, l'atmosphère est lourde. Thérèse découvre un Michel taciturne, solitaire. « Qu'est-ce qui ne va pas ? » demande-t-elle. Il la rabroue, incapable encore de livrer ses pensées et son désir de partir. Elle le talonne, souffre de le voir si distant, lui échappant plus que jamais depuis la mort de son père. Elle a beau tenter de l'amadouer par tous les moyens, il résiste.

La nuit, elle surveille ses allées et venues, ne comprend pas l'absence de sommeil, les soupirs. Quelque chose de grave entre eux est en train de se rompre et elle ne sait pas quoi. Elle-même se redresse souvent dans son demi-sommeil, cherche du plat de la main le corps familier, s'énerve de sentir les plis des draps encore tièdes. « Il n'est pas loin, pense-t-elle, je vais lui parler. » Elle va jusqu'à la porte, appelle : « Michel, où es-tu ? » Parfois, elle doit descendre jusqu'au fournil : « Je te cherche partout ! »

Il devient dur avec elle : « Vas-tu me laisser ! J'ai besoin d'être seul. » A peine ces mots articulés, il regrette déjà sa maladresse, s'en veut de l'avoir rudoyée ainsi. Mais Thérèse se rejette dans l'ombre, pleurant sur sa dureté, ne se l'expliquant jamais.

Un dimanche d'automne, alors qu'il est à La Ferrière, elle décide de parler à ses enfants. Le projet de ce mariage jette un terrible froid sur la tablée de midi d'où l'on a éloigné les petits-enfants.

« Folie, stupidité, la mémoire du père salie », voilà les mots que sa fille et surtout son fils lui lancent au visage. Qui se serait douté que « ce » Michel, garçon venu de rien, engagé comme domestique, allait se révéler un tel arriviste ! Charles Baret fulmine :

— C'était donc ça, ta réunion de famille urgente ! Nous faire venir d'aussi loin pour nous demander notre avis sur tes liaisons, tu me fais honte !

Il ressemble à sa mère avec son front volontaire sous ses cheveux châtains, sa bouche épaisse tremble de colère. En se déplaçant autour de la table, il toise celle à qui il doit la vie, la figure rouge de contrariété. Il prend à témoin sa jeune femme, sa sœur muette de surprise et son beau-frère silencieux :

— Mais dites-lui qu'elle se moque de nous ! Dites-lui qu'elle ne nous reverra plus...

Il s'immobilise, pointe un index vindicatif sur sa mère qui pleure.

— Je te le jure et tous ici avec moi, si tu ne mets pas ce fils de rien dehors, jamais tu ne nous reverras vivants, jamais !

Il a crié si fort ce dernier mot que la pièce entière en a résonné. Les autres, assis, approuvent d'un signe de tête, condamnant des yeux la pauvre Thérèse effondrée en bout de table. Brisée, elle se rend. Elle promet tout : le renvoi, l'engagement d'un ouvrier choisi par son fils, une autre vie... Vieillesse, solitude, raison, c'est le programme qu'ils lui imposent en juges impitoyables. Le verdict arrive comme le dernier verre du hors-la-loi. Elle obtempère, démunie ; comment tenir tête à leur chantage ? Vingt-cinq années de vie ne peuvent contrebalancer quelques ans d'un bonheur qui s'effrite déjà. Et ce mariage après tout signifiait une ultime tentative de sauvetage ; qu'allait donc leur réserver l'avenir ?

Ils se quittent réconciliés. Ils passeront l'éponge sur les amours coupables. Oui, c'est promis ! Ils reviendront la semaine prochaine et, pour l'encourager, il y aura une fête : du mouton aux haricots avec un vin spécial que Charles a mis de côté. Que Thérèse se rassure, tout va bien maintenant ! Le moment le plus difficile est presque passé... Et pour ne rien oublier, ils iront ensemble fleurir la tombe d'Auguste Baret.

Elle se retrouve seule avant le retour de Michel. En desservant la table, elle imagine sa vie, son corps définitivement tari, lui qui avait déjà franchi le cap. Effrayante certitude de l'absence et ce renvoi qu'elle va devoir lui expliquer... Elle doit s'asseoir, se reprendre. Un vertige lui retire ses forces. Elle est là, la tête dans les mains, accoudée sur la table où la nappe demeure encore pleine de miettes, tachée du repas qu'elle avait préparé avec soin et qui n'a servi à rien.

Michel la trouve ainsi à huit heures du soir. Ce qu'il remarque immédiatement lorsqu'elle relève le front, c'est son visage. Elle n'a plus quarante ans, mais cinquante ou soixante. Les cheveux gris, les rides sont accentués, l'expression elle-même est celle d'une vie passée qui se termine. Il a peur.

— Mais qu'a-t-il bien pu se passer pour que tu en sois à ce point ?

Avec des yeux fixes, elle se met à parler, raconte tout en n'omettant pas le moindre détail. Lorsqu'elle termine, elle a un soupir qui la soulage des sanglots encore présents au fond de sa gorge et qu'elle réprime de tout son courage pour en finir au plus vite, éviter les apitoiements superflus.

— Je pars, dit Michel.

Il est debout devant elle, à contre-jour dans le carré de lumière que diffuse la fenêtre. Le soir court sur les arbres et les taillis, étouffant le jour et sa clarté sous des ombres bleuâtres.

Et Michel va partir, elle le sait. Sûr que cette nuit elle ne sentira pas son odeur chaude, sûr qu'elle n'aura plus contre elle sa peau à la fois douce et rude, sûr qu'elle va redevenir la « Citoyenne veuve Baret », la respectable « Veuve Baret ».

Elle se plante devant lui.

— Nous deux...

Elle ne continue pas, à quoi bon ? Eux, c'était ce matin encore très tôt, l'éveil en commun, les frôlements de l'intimité jusqu'à l'eau du broc qu'elle versait sur sa nuque pendant qu'il la taquinait : « C'est froid, arrête ! » Elle riait, heureuse de ce qu'elle croyait être un jour exceptionnel, pressentant déjà son retour dans la belle soirée d'automne : « Ils ont dit oui, on va se marier ! » Et brusquement, il aurait été à elle pour de bon, pour toujours, et tout serait redevenu possible : la fête, la joie, l'amour... Mais ils sont là, l'un en face de l'autre, déjà distants, déjà passés alors que la nuit elle-même n'est pas encore venue.

Elle lui prend les mains, pleine de ferveur.

— J'ai pensé... Tu vas me faire plaisir une dernière fois, je voudrais que tu acceptes.

Michel la laisse faire, regarde les yeux brillants qui le fixent encore éperdument, non pas d'amour mais du désir qu'il se passe quelque chose, que l'on joue une autre scène, qu'on revienne un peu en arrière si c'était de l'ordre du possible.

— J'ai des économies de côté, cinq cents francs, tu vas les emporter...

Il se durcit instantanément, vexé.

— Tu ne me dois rien !

Il retire ses mains de celles de Thérèse, se dirige vers le couloir pour chercher ses affaires mais elle le suit, l'agrippe.

— Je t'en prie, si tu n'acceptes pas pour toi, fais-le pour ta sœur et ta mère, sinon je n'en dormirai plus. Laisse-moi au moins retrouver le sommeil en paix !

En parlant ainsi, elle a fait retomber ses bras, son visage est empreint d'une douleur lancinante.

« C'est pitié de la voir comme ça », pense-t-il. En même temps, il se rend compte de la somme, se met à songer à tout ce que cela représenterait.

— Bon, dit-il en lui caressant l'épaule. Mais je te les rembourserai, je vais te signer un papier !

Thérèse sourit enfin, un petit sourire faiblement esquissé. Elle se sent mieux mais refuse la reconnaissance de dette.

— C'est ça, dit-elle sans illusion, tu verras bien par la suite...

Michel glisse les cinq cents francs entre sa culotte et sa peau. Il se retourne dans le chemin : un regard vers la maison alors que la nuit s'étend et que l'humidité brumeuse d'octobre s'accroche aux dernières feuilles.

Il imagine Thérèse, son désarroi, sa peine, l'égarement nouveau dans les pièces vides où le compagnon n'est plus. Elle est là derrière une fenêtre, tirant un rideau, scrutant l'obscurité pour recueillir une image, un signe qui restera gravé dans son esprit. Mais Michel préfère ne pas s'attarder, d'abord à cause des Blancs qui continuent de rôder. Ensuite ce départ, grâce à l'argent qu'il emporte, a curieusement le goût d'une conquête. Des projets se bousculent en lui entre les pensées qui vont vers Thérèse et les jours qu'il a connus ici pendant presque six ans.

S'il est triste, c'est pour elle et ce dernier geste d'amour qu'elle a osé : « On ne sait jamais ce qui peut arriver, a-t-elle dit, cet argent, ils n'en auront rien ! » Un magnifique cadeau d'adieu pour lui, mais aussi une manière de se venger de ses enfants et de leur cruauté. Michel a aimé son courage lorsqu'elle l'a raccompagné jusqu'à la porte, se retenant de dire : « A bientôt, peut-être ? » mais choisissant plutôt : « C'est à Dieu de décider », fidèle à cette sagesse qu'elle avait toujours su montrer.

Michel progresse dans la nuit, ralentissant l'allure ou se dissimulant suivant les différents bruits qu'il perçoit. Bientôt, il entre dans le jardin, va frapper contre le carreau en remarquant le feu encore allumé.

— C'est moi, dit-il juste assez haut pour que Marguerite le reconnaisse mais pour que sa voix ne réveille pas Catherine.

Sa sœur termine de filer du lin que le toilier réclame.

— Pourquoi es-tu revenu ? s'inquiète-t-elle.

En s'asseyant à ses côtés, près du feu, il tire l'argent de sa culotte, recompte les billets.

— Tu les as volés ? demande-t-elle, alarmée.

— C'est la veuve Baret, répond Michel, elle me dédommage parce que ses enfants veulent qu'elle engage quelqu'un d'autre...

Marguerite pose son fuseau, se penche.

— Alors, tu n'as plus de travail ?

— Nous allons vivre ensemble, comme le désirait parrain, dit Michel en se frottant les mains pour les réchauffer. Je vais me renseigner avant pour repérer le bon endroit, mais j'ai l'idée de faire construire...

De plus en plus surprise, Marguerite ne le suit plus.

— Construire quoi ? Nous ne sommes pas bien ici ?

— Si, reprend Michel. Mais c'est une boulangerie qu'il me faut. D'abord un fournil, même minuscule mais qui sera bien à moi, après je verrai bien...

— Et tu as assez d'argent ?

Marguerite désigne la liasse, continue d'interroger, étourdie par toutes ces nouvelles. Mais Michel part dans ses rêveries, il voit la grand-route, ses diligences, ses voyageurs, tout ce qu'enfant il aimait.

« Où s'installer ? » pense-t-il, déjà exalté par son projet.

— Je dois te dire...

La phrase de Marguerite le ramène sur terre ou plutôt dans la proximité du feu réconfortant, près de cet âtre où leur père aimait se trouver aux veillées.

— J'ai du nouveau aussi.

Cette fois, Marguerite tire sur le chanvre qu'elle va filer.

— Je dois finir ce soir, dit-elle, mais je me sens bien fatiguée.

— Tu es malade ? demande Michel.

Elle attend un moment tandis qu'onze heures sonnent au clocher.

— Tiens, poursuit-elle en enroulant le fil, il vaut mieux que tu saches, je me suis promise à Nicolas Guéroult, le fils du sabotier !

Michel n'est pas autrement surpris par ce prochain mariage. Le fils Guéroult est déjà un honnête artisan même si sa claudication le fait surnommer le Boiteux. Après tout, le passé secret de Marguerite ne doit pas la rendre exigeante.

— Bon, dit-il, la noce est pour quand ?

— Le plus vite possible, reprend Marguerite sans ciller. Je vais avoir un petit...

Suffoqué, Michel se tourne brusquement vers elle, s'alarme :

— Est-ce qu'il est au courant ?

— Bien sûr, dit-elle, d'ailleurs je l'ai fait exprès !

Michel écarquille les yeux.

— Tu veux dire que tu as tout manigancé ?

— Je me suis arrangée pour que cette liaison commence un peu avant la fuite de ton parrain, mais comme il n'y a que toi qui le saches, jure-moi que tu te tairas !

Elle le regarde, fiévreuse, espérant son accord.

Michel est sidéré par son calcul. Elle a tout organisé pour sauver les apparences au cas où elle serait tombée enceinte.

— Mais comment peux-tu ? dit-il en se redressant. Tu n'aimes donc pas Nicolas ?

— Un enfant, poursuit-elle, c'est ce que je voulais ; pour le reste, je m'en accommoderai toujours. Jure-moi le secret sur la tête de notre mère !

Solennellement, Michel lève la main droite.

— Je le jure ! fait-il gravement, avant de méditer ce qu'il vient d'apprendre.

— Je me suis mal comporté avec toi, continue-t-il après un temps.

Il bâille, caresse le chat qui dort en boule au coin du feu. Marguerite, qu'il croyait effacée et délicate, qu'il n'a pas vue grandir ou si peu, et voilà qu'elle lui donne une fameuse leçon d'abnégation et de volonté. L'abbé Michel Cantelou saura-t-il un jour tout ce qu'il lui doit ?

— Tu es certaine que tu ne le regretteras pas ? demande-t-il.

Il n'aura pas de réponse. Catherine, qui a entendu leurs voix, bouge dans son grand lit, appelle.

— Dors, maman, dit tout haut Marguerite pour l'apaiser. J'éteins le feu !

24

Michel a de vagues nouvelles de la boulangerie Baret. Quelqu'un le remplace, a-t-il appris à l'auberge de l'Embranchement, un apprenti de quinze ans qui file doux devant la veuve... L'expression a fait sourire Michel. Ainsi la vie tourne à nouveau pour Thérèse et ses enfants, plus étroitement unis.

Bien qu'il soit tout à ses recherches, Michel pense souvent aux jours passés là-bas auprès de celle qu'il cherche encore, surtout la nuit lorsqu'il est réveillé par son propre cri : « Thérèse ! » et que Marguerite fait semblant de ne pas entendre, elle qui dort maintenant près de Catherine. La vie qui coule comme la Seulline, apaisante pour Marguerite et son prochain mariage. Une noce qui ne fera pas grand bruit à cause du deuil et du manque d'argent. Les époux habiteront ici près de la mère, ainsi l'a voulu Marguerite. Son futur n'a pas émis d'objection : à quoi bon ? Il ne veut pas d'histoire, c'est un travailleur calme, un esprit simple et bon, « déjà bien, a-t-il entendu dire par son père, qu'une fille veuille bien de lui, pensez ! avec son infirmité... ». En somme une affaire qui se conclut, plutôt que de vraies épousailles.

Pendant ce temps, Michel questionne le maréchal-ferrant ou l'aubergiste Hamel : « Où pourrais-je construire ? Il faut que ça me rapporte !

— Demande au tabellion, dit Hamel, va le voir, il te conseillera et, comme ça, tu établiras aussi le contrat de mariage pour ta sœur. »

Ce mariage est bien vu dans la commune mais pour Hamel il sonne douloureusement. Judith, sa fille, ne vient-elle pas de lui annoncer qu'elle voulait devenir religieuse ? Sa seule fille ! Il a eu beau la menacer de la déshériter, la mettre au pain et à l'eau durant trois jours, rien n'y a fait.

Il a dû obtempérer, se déplacer jusqu'à Caen pour rencontrer la supérieure des visitandines. Tous les habitués de l'auberge et même les voyageurs de la grand-route sont au courant, c'est qu'il a tellement mal qu'il raconte son infortune, se fait plaindre, ne se rendant pas compte qu'il fait fuir ses clients. Alors, quand il entend parler de noce, c'est comme s'il reprenait espoir, par une sorte de nostalgie il organise pour les autres, se met à leur place jusqu'à ce que la réalité lui impose à nouveau l'image de sa fille portant le voile. Il arrive à Michel d'en rire, surtout lorsque l'autre s'emballe, oubliant le but premier du boulanger : faire construire. Or Michel ne songe qu'à cela, un vrai fournil à lui et des clients... Oui, mais de quel côté ? A l'Embranchement ? Impossible, pas une place, et puis ne mentionne-t-on pas un certain Georges Agnès qui viendrait s'y installer ? Il faut avoir l'œil, bien évaluer les choses et surtout penser à l'avenir. Cette chouannerie, cette répression inutile et sanglante, cette flambée d'assignats s'arrêteront bien un jour. Alors la paix reviendra, avec elle le pain sera moins cher et les clients afflueront. Michel est toujours obnubilé par la route ; depuis l'époque des corvées, elle a été embellie, assainie. Le rêve de son enfance ne le lâche pas, c'est bien là que doit se dresser sa boutique. Mais quel côté choisir ? Pourquoi ici plutôt qu'ailleurs ? Des questions qui roulent dans sa tête de l'aube à la tombée de la nuit.

« Et toi, quelle est ton idée ? » demande-t-il à Marguerite. Mais elle finit son trousseau, aussi modeste que celui de sa mère quand elle épousa Marin. Une seule belle pièce : le coffre en chêne sculpté que lui a offert Michel. Un coffre façonné par le menuisier de Cahagnes, le plus expert du canton, et qui abritera les draps et les sept herbes porte-bonheur de la Saint-Jean. Marguerite en a eu les yeux brillants de reconnaissance.

« Mais ça coûte cher ! Et ta boulangerie ?

— Je la ferai un peu plus petite », a répondu Michel en souriant.

Il a finalement pris rendez-vous chez Jacques-Antoine Banvillet, une fois le contrat de mariage établi pour sa sœur.

Banvillet a vingt-huit ans, mais alors que Michel a quitté l'école à neuf ans, il y est resté jusqu'à quatorze puis il a suivi des leçons de droit chez le notaire d'Aunay où il a appris son métier de tabellion. Jacques-Antoine se penche sur le cadastre.

— Regarde, dit-il en désignant du doigt le bas de la grande côte, des maisons se groupent ici, on y compte déjà Briouze, un nouveau maréchal-ferrant, un couvreur en paille et un tonnelier...

— Ça veut dire qu'il va y avoir un autre village ? interroge Michel.

— Ça veut dire que le village est déjà là et avec ta boulangerie, tu as des chances d'avoir de plus en plus de monde au fil des ans !

Banvillet fait aller le dos de sa main vers Jurques.

— Le village s'étend par là et ta fameuse route, elle est ici !

A présent, son doigt parcourt un large tracé à l'encre bleue, remonte encore.

— Par ici, dit-il, on va vers Mortain…

Michel a les yeux rivés sur le cadastre. Pour la première fois de sa vie, il regarde le plan de son pays, les maisons marquées de croix, les bois, les rivières, les chapelles, tout est répertorié, minuscule, sans relief, et pourtant clair, vivant sous une autre forme. Il comprend petit à petit, distingue le groupe de nouvelles constructions au bas de la grande côte, avant les « champs d'été ». Le village est en train de s'agrandir, il s'étale, s'épaissit de petits carrés et de pointillés.

— C'est là, dit-il en posant résolument son index au bord de la grand-route. C'est ce terrain que je veux !

Il achète pour trois cents francs deux cents mètres carrés ; avec les cent cinquante qui lui restent (cinquante ayant été utilisés pour Marguerite), il va faire construire son fournil et une petite pièce qui servira de chambre. Dans deux mois, il s'y mettra lui-même avec Auvray le couvreur et Marc le fournier.

Auparavant, on fête la noce de Marguerite le douzième jour de frimaire an III[1] du nouveau calendrier républicain. Discrétion avant tout, mais le gigot, le vin, le cidre remplissent et abreuvent les estomacs et les

1. Décembre 1794.

gosiers. On croit même apercevoir une lueur amusée dans les yeux de Catherine dont s'occupent Louise et Michel.

Quelques indécents réussissent à chanter et à danser, mais vers minuit Marguerite et Nicolas s'éclipsent pour rejoindre la maison des Cantelou. Au-dessus du lit, Marguerite a tressé une couverture en paille qui forme un second plafond où l'on déposera lanterne, piège à taupes, paniers... Elle a cousu également de nouveaux rideaux qui ferment le lit clos. A la faveur de cette première nuit, Michel part dormir chez Jacques et Louise mais Marguerite prépare une paillasse pour Catherine dans le coin opposé à leur lit. Ce sera désormais sa place.

A cause de la saison froide, Auvray et Marc préfèrent remettre le projet : « Nous serons interrompus par le gel, la neige, il vaut mieux patienter jusqu'au printemps ! »

Michel essaie de les faire changer d'avis : peine perdue ! Par expérience, ils sont certains de ce qu'ils avancent. Mais cette boulangerie, il l'a tant désirée, tant rêvée que c'est tout de suite qu'il aurait voulu la voir s'ériger, pierre après pierre, dépassant d'un seul coup son rêve, le matérialisant. Devant le refus des deux hommes qui attendront les beaux jours, il développe une activité fébrile, trompant son impatience. Comme son père autrefois, il taille les haies, tresse des paniers, s'occupe aussi des outils qui serviront aux récoltes et grâce à son beau-frère apprend à travailler le bois. Malgré cela, lorsque l'ennui le prend, quand l'odeur du pain lui manque et avec elle le besoin physique de saisir la pâte à pleins bras pour pétrir, malaxer, quand cette envie devient si grande qu'il ne peut plus y résister, il part.

Ses pas l'emmènent sur les traces de son père, il va chercher les filles légères, faciles, au parfum de mauvaise qualité. Il ferme les yeux, revoit Louison, Opportune, Thérèse, il les a toutes en même temps dans un corps anonyme qui se soumet vénalement. Il voit sa vie, le véritable amour qu'il n'a pas trouvé et ne veut même plus chercher. Ces femmes qui ont marqué ses jours, lointaines et proches tout à la fois, sans jamais lui donner ce qu'il désirait.

Il s'aperçoit qu'une partie de sa vie lui échappe, insaisissable. Alors, en jetant les dix sous contre la putain qu'il méprise, il se venge ou le croit, hargneux après son plaisir.

« Et quoi ? C'est pas d'ma faute si t'es pas content, je t'avais prévenu, c'est dix sous de toute façon ! »

Elles ont toutes les mêmes phrases pour se défendre. Et bien des fois, pour les réduire encore, pour les écraser, il jette cinq autres sous par terre, en garde cinq qu'il fait tourner entre ses doigts. « Si tu te tais, t'en auras dix de plus, catin ! »

Il aime les voir se mordre les lèvres pour ne rien ajouter, se baisser comme pour une révérence qu'elles lui offriraient en ramassant l'argent.

« Toutes les mêmes », pense-t-il sans se rendre compte, simplement satisfait du spectacle qui le soulage.

Enfin mars s'annonce, l'époque des premiers bourgeons après la dernière neige. Marc et Auvray le suivent. Durant deux mois, ils bâtissent du matin au soir. Le gros œuvre est assez vite terminé, seule l'installation du four est plus délicate. Marc pose les briques en terre réfractaire sur une motte d'argile emmurée dans un manteau de pierres bocaines. Pour la sole, il utilise un mélange d'argile et de sable battu, longuement tamisé. Quand arrivent les finitions, il doit se glisser sur le dos à l'intérieur, s'éclairant d'une bougie et vérifiant tous les joints. Après cette opération, il se remet sur pied en riant.

— Monsieur est servi ! dit-il à Michel qui ne l'a pas quitté d'une semelle.

La goutte est la bienvenue, dans la nouvelle pièce sans confort ni meubles où ils trinquent.

— Dans la journée, dit Michel, j'en ferai une boutique. Ainsi, en ouvrant la porte, je pourrai tout voir du fournil, et le soir j'y dormirai.

— Il te faudrait une femme ! dit Auvray qui a construit la charpente et couvert le toit d'ardoises.

Avec Marc, ils échangent un coup d'œil complice.

— Vingt-cinq ans, c'est le moment, dis donc ! continue-t-il.

Michel regarde autour de lui.

— Elle est à moi, cette boulangerie, et la pièce où nous sommes aussi, j'ai pas envie d'y mettre une drôlesse. Je fais un métier d'homme et je suis bien aise d'être l'unique maître chez moi !

Auvray le taquine en se remplissant un autre verre :

— Je disais ça aussi à ton âge, il y a dix ans, et voilà qu'avec Marie, je suis comblé, elle s'occupe de tout ou presque.

— Oui, reprend Marc en levant son verre pour y apprécier la transparence du liquide, cette goutte vient de chez Hamel, ça se reconnaît tout de suite rien qu'à la couleur ! Et on dit justement que c'est sa femme qui la prépare !

Les rires fusent. Dehors, juin inonde les champs et les prés d'un soleil vif, des passereaux volettent d'un châtaignier à l'autre. Avec l'été tout pourrait être réuni pour bien démarrer un commerce. Mais Michel pense à son père : « Je ne serai peut-être pas là pour le voir », avait-il dit en prémonition de son départ après une vieillesse précoce. La violence de sa mort est ce que le destin a bien accompli de plus injuste pour les Cantelou. Il ne se passe pas un jour sans que Michel et Marguerite y pensent. Ne doivent-ils pas payer un impôt obligatoire aux Bleus, alors que d'autres habitants, moins chanceux encore, subissent des fouilles intempestives et sont parfois contraints de verser un tribut sauvage aux Blancs. Seuls, quelques rares paysans, hardis ou curieux, osent emprunter le « grand chemin » d'où n'arrivent plus que trop souvent brigands ou tristes nouvelles. Le retard du courrier est impressionnant, les malles-poste n'échappent pas non plus aux agressions. Ainsi Chantepie vient seulement d'apprendre la mort de son fils Charles, tué lors de l'attaque de Jourdan contre Coblence. De même le neveu de l'aubergiste Hamel est tombé en Italie et l'un des fils de Briouze a été mortellement blessé dans le combat naval du *Vengeur* coulé par les Anglais au large de l'île d'Ouessant.

« Pierre-François n'a pas été sacrifié pour rien, se console son père. On nous a dit que le convoi des blés d'Amérique a pu passer et gagner Brest. »

25

La paix revient enfin en 1800. Paix intérieure et extérieure. Le Premier consul apparaît comme l'homme providentiel après dix ans de crises et de drames. Beaucoup pensent qu'il est temps d'arrêter la Révolution.

La sécurité routière s'affirmant, comme l'avait prévu Jacques-Antoine Banvillet, le « village de la route » où s'est établi la boulangerie Cantelou, au bas de la grande côte, se développe. Michel cuit des fournées régulières et va même vendre ses pains sur le marché de Saint-Georges ou à la foire du Mesnil-Ozouf. Pour l'instant, et malgré les années qui passent, il ne pense toujours pas à se marier. Il mène ici une vie plutôt calme entre la maison de sa sœur qui a donné le jour à une petite Anne et son métier qui l'accapare plus que tout. Sa réputation de célibataire endurci a des racines plus profondes que les plus vieux chênes du Bocage.

Un matin d'avril, alors que la fraîcheur d'un timide printemps baigne le village, un homme décidé pousse la porte du fournil où Michel surveille son four.

— Vous êtes bien matinal, dit Michel en le regardant à peine, la fournée n'est pas prête !

Mais l'homme ne bouge pas, debout dans l'encadrement de la porte, son chapeau à la main, entièrement vêtu de noir. Michel, qui n'apprécie guère cette obstination, s'apprête à le repousser lorsqu'il reste en suspens, reconnaissant dans le contre-jour la silhouette plus maigre mais familière d'un homme auquel il n'a pas cessé de penser.

— Parrain !

L'abbé Cantelou le reçoit contre sa poitrine avec un bonheur indicible. Larmes et silence ému d'abord sont le lot des retrouvailles, puis les deux hommes se dévisagent.

Le temps les a fortement changés : pour l'abbé c'est le gris des cheveux, le front plissé par les soucis qui frappent Michel comme une image douloureuse, reflétant tout ce qu'il a enduré dans cet exil.

— Tu as forci ! dit le prêtre en tenant Michel aux épaules. Le jeune homme que j'ai laissé un soir d'hiver a mûri.

Tout en détaillant les boucles de cheveux encore blonds, le rictus et la mâchoire plus accusés par les malheurs et la volonté de vaincre, il a le regard lointain.

— Tant d'années… soupire-t-il. Et voilà que le printemps nous réunit, nous sauve de ce que nous avons souffert. Dieu m'est témoin qu'il ne s'est pas passé un jour sans que je prie pour vous !

— Vous avez su pour le père ? demande Michel, bouleversé.

— Je suis arrivé hier, répond l'abbé, on m'a dit ce que les scélérats ont fait.

Il baisse la tête, se cache les yeux, pleure sans retenue devant Michel qui se contient à grand-peine.

— C'est une terrible méprise, dit-il encore en se détournant. La justice divine les châtiera comme ils le méritent.

Quant à Marin, il serait fier de te voir dans ta propre boutique !

Pour faire diversion, il arpente la petite pièce, soulève les ustensiles, touche la maie de son index. De la farine s'envole, minuscule poussière grise qui recouvre presque tout.

— Quelle belle réussite pour toi !

Les deux hommes se fixent : l'émotion enfuie, la chaleur des liens passés réapparaît, le bonheur d'être ensemble, après les épreuves et la douleur, les relie comme un fil indestructible.

— Nous allons organiser un grand repas, dit soudainement Michel, et nous fêterons votre retour !

L'abbé sourit.

— Je vais être affecté à une cure près de Villers, ma foi, ce n'est pas assez loin pour refuser une telle invitation !

Le dimanche suivant commence sous un soleil radieux. Les Cantelou et les Guéroult vont écouter la messe célébrée par celui qui sera fêté comme il se doit. Le plus incroyable, c'est la poignée de mains échangée entre l'abbé et le capitaine. A midi, la table les réunira l'un en face de l'autre par un jeu subtil, inattendu du destin, que Michel et surtout Marguerite remarquent avec une pointe de tristesse.

— Tu vois, dit-elle, amère. Ce n'était vraiment pas grand-chose cette nuit avec lui, quelques gouttes d'eau dans une rivière...

Michel la serre affectueusement.

— Il faut penser à elle, dit-il en désignant la petite Anne qui court déjà, insouciante. L'avenir, c'est elle et le frère, ou la sœur, que tu lui donneras.

Les « falues » et « braziliés » ont été préparés par Michel, à mi-chemin entre la brioche et le pain, ils accompagneront aussi bien le gigot que les tartes aux fruits, le tout copieusement arrosé selon la tradition.

Les Cantelou oublient leurs querelles et lèvent leur verre à leur « saint homme à tous ! » comme l'a longuement salué Michel. Après le bon repas préparé et servi par les femmes, les hommes racontent à tour de rôle les jours d'angoisse qu'ils ont vécus, expliquant les places vides parmi eux, les rides et les cheveux blancs. L'abbé écoute en silence, alors que Marguerite à ses côtés ne cesse de pleurer, oubliant même Catherine. Puis c'est au prêtre de parler de la faim, la peur qu'il a connues et surtout de la rencontre inespérée d'un cousin de l'ex-maire Delarue qui lui a procuré pour vivre une place de précepteur chez un seigneur émigré.

Le capitaine assis en bout de table, en face de l'abbé, s'épanouit sous l'effet de l'alcool, truculent et prolixe. Pour lui, tout bien compté, la Révolution fut une aubaine. Il domine les autres de sa voix forte, intimant à sa femme, fragile et effacée, et à ses enfants l'ordre de se taire quand bon lui semble.

— Ce qui compte, clame-t-il par-dessus les cliquetis des fourchettes contre les assiettes, des verres entre eux et de quelques rots incontrôlés, c'est la propriété et la loi, comme le dit notre Premier consul !

Tous les yeux l'observent. On l'écoute, on le considère, c'est un personnage imposant qui a des terres et de la fortune. Sa présence ici n'est due qu'à la demande de l'abbé qui a pensé ainsi réconcilier tout le monde. Michel a bien tenté de l'en dissuader, surtout par égard pour Marguerite, mais son parrain s'est obstiné, ignorant tout ce qu'elle a fait pour protéger sa fuite.

— Voilà les vraies conquêtes depuis l'an I de la liberté ! termine le capitaine sous les applaudissements.

Il a soin de se rengorger, se sait important, savourant l'admiration et le respect qu'il provoque.

A sa droite Catherine semble écouter, se taisant comme d'habitude, roulant ses yeux sur tout, comme si elle désirait ne rien laisser passer. « Pauvre Catherine ! ont dit certains. Elle ne nous reconnaît même pas ! » Mais Michel a senti plusieurs fois son regard sur lui, découvrant alors un voile de tendresse comme une ombre fugace. Il n'a rien dit, simplement étonné, scrutant ce visage qu'il croyait éteint. « Je me trompe », a-t-il pensé, se demandant si ce n'était pas le verre d'alcool que Nicolas lui avait servi et qui lui serait monté à la tête pour la rendre moins absente.

Vers trois heures vient le moment de danser. Les couples se forment aux sons des accords du violoneux et du joueur de « loûre [1] ». Gavottes, rondes se succèdent et une joyeuse détente gagne tous les esprits. Jusqu'à la fin du jour, tout le monde s'agite entre les rires et les chansons. Une fête comme une victoire gagnée sur les années de tourments et c'est bien ce qui fait qu'elle est si pleine, si vive qu'ils s'y donnent à fond, sans retenue, jusqu'à l'abbé qui esquisse quelques pas rythmés, jusqu'au capitaine avec son rire tonitruant qui secoue l'atmosphère du jardin et de la salle dont on a ouvert les portes. Si bien qu'il n'y a plus de frontière entre le dedans et le dehors et que c'est la maison entière des Cantelou qui devient lieu de réjouissances.

Et brutalement la fin. Monstrueuse, ahurissante. Eaux courant dans un lit ombragé et dont on ne prévoit pas la brusque chute en cascade mortelle, engloutissant,

1. Cornemuse normande.

annihilant d'un seul coup ce qui n'était que des vagues un peu agitées. C'est Marguerite qu'on retrouve, qui sanglote dans le soir finissant, entre les ombres qui s'allongent et le froid revenu. Marguerite ramassée sur elle-même, accroupie sur le sol comme un enfant qui vient de se perdre et qui n'a plus que ses bras pour se tenir chaud. Dehors, dedans, les restes de la fête s'éparpillent sur la table et sous les arbres : tonneau d'où est déjà descendu le violoneux, bancs vides où des verres traînent, gardant un peu de vin dans leur fond. Soudain le rideau est tombé avant la fin de l'acte, précipitant la gaieté dans les ténèbres de la vie plus qu'imprévisible, démesurée.

Qui a pensé à Catherine ? Michel peut-être, à moins que ce ne soit Louise ? Quelqu'un ne l'a plus vue, il était huit heures du soir. Déjà, sur la route, la douceur du crépuscule jetait un voile pourpre sur les grands arbres. Le joueur de loûre avait posé son instrument, buvant une rasade de cidre avant de reprendre. Un petit moment dont ils avaient profité pour se reposer ; quelqu'un s'était alors étonné de ne plus trouver Catherine. La femme du capitaine avait raconté que son mari était parti se soulager derrière les bosquets qui s'étalaient en contrebas. Jacques les avait fait rire avec son idée qu'un chouan pouvait bien encore lui voler sa culotte !… Et la musique avait repris, un peu grinçante et désaccordée, mais qui s'en serait offusqué ?

Furtive, Louise s'était éclipsée vers la route, cherchant partout Catherine qui n'était pas si loin. Il suffisait de faire quelques pas derrière la maison. Louise l'avait d'abord aperçue, assise dans l'herbe haute à cet endroit, gloussant d'un rire sonore si fort qu'on eût presque dit un sanglot. Elle s'arrêtait, tournait sa tête sur la droite et sur la gauche à toute vitesse puis reprenait son rire proche d'un cri, la bouche déformée par une grimace affreuse. Louise avait cru que c'était le vin, la fête qui la rendaient plus folle. Elle avait levé son bras. « Holà ! Catherine, j'arrive, que fais-tu là toute seule ? » Puis elle avait couru vers elle et, à deux mètres, s'était pétrifiée dans un effroi insurmontable. A côté de Catherine, reposant à moitié sur sa jambe, gisait un pistolet encore fumant qu'elle caressait d'une main et de l'autre, avec ce rire de démente, elle désignait un corps d'homme allongé, gémissant, dont les doigts repliés avaient labouré la terre.

C'était le capitaine Cantelou, la culotte à peine refermée, un trou noir et sanglant au bas du dos.

Comment avait-elle pu ? D'où lui était venue cette idée sordide et incroyable ? Michel avait vite réalisé qu'il se tramait quelque chose de grave en voyant Louise et ses traits déformés par l'horreur.

Alors, la fête avait cessé lentement ; les uns après les autres, comme s'ils avaient été tenus par une même chaîne, les danseurs s'étaient arrêtés. Les musiciens avaient vite rangé leurs instruments, déguerpissant sans demander quoi que ce soit parce qu'on voyait revenir le corps du capitaine porté par Michel, Jacques Vergy et Auvray. On avait entendu les hurlements de la femme et des enfants, ceux des invités statufiés dans leur surprise avec seulement Marguerite qui se déplaçait entre eux, tenant sa jupe à deux mains, la serrant à la déchirer pour bientôt s'écrouler dans l'une des allées du jardin, la bouche dans la poussière et la boue.

A dix heures, les gendarmes sont là. Ils s'emparent de Catherine qui les regarde, apaisée. Elle a repris son balancement et son chantonnement, bouche fermée. Le temps n'a rien changé, elle est telle qu'elle a toujours été depuis la mort de ses enfants.

Michel entend : « Bon-Sauveur à Caen[1] ». Entouré de Marguerite qui se raccroche à sa petite Anne et de Nicolas, il voit partir sa mère dans une carriole infecte, encadrée par deux cavaliers. Michel a la vision d'un matin caennais où Sarah était passée dans une semblable carriole ; vont-elles se retrouver ?

La nuit se referme sur le triste convoi. Nicolas pousse Marguerite vers la maison.

— Le chirurgien de Villers va opérer le capitaine…

— S'il meurt, notre mère sera guillotinée, dit Michel.

Il frissonne, ramasse une bouteille vide oubliée.

— La balle s'est logée près de la colonne vertébrale, continue Nicolas, le ferrant dit qu'il peut vivre, mais paralysé…

— Comment a-t-elle fait, je ne l'ai presque pas quittée, dit encore Marguerite.

Dans la salle elle va près du feu, cherche des braises pour le ranimer, mais retombe à bout de nerfs et de fatigue.

— L'abbé ne reviendra pas ce soir, poursuit-elle. Il est parti avec la femme et les enfants du capitaine, à quoi bon rallumer le feu ?

Nicolas s'approche, actionne le soufflet.

— J'ai froid et n'ai pas envie de dormir, je vais rester ici.

— Moi aussi, dit Michel en remplissant trois verres d'eau-de-vie. Pour le courage qu'il va nous falloir, fait-il encore, vidant le sien d'un trait.

1. Asile d'aliénés.

26

Un après-midi d'hiver, l'abbé Michel Cantelou frappe à la porte du fournil. Endormi pour une courte sieste, Michel est réveillé en sursaut.

— Ah ! c'est vous, dit-il.

Un courant d'air glacial pénètre dans la pièce. Au-dehors, un vent de noroît souffle du haut des arbres vers le sol, apportant des rafales de grêle.

— On est mieux ici, dit l'abbé qui défait sa grande pèlerine trempée par la dernière averse.

La cuisson du matin a laissé des effluves chauds, malgré son confort tout rudimentaire, le fournil devient un lieu douillet où il fait bon s'asseoir.

— J'ai été la voir, dit laconiquement l'abbé en se posant sur un tabouret tandis que Michel choisit le couvercle de la maie. Mon Dieu ! poursuit-il. Ces hommes, ces femmes si proches des animaux, que pouvons-nous donc faire pour eux ?

— Je sais, dit Michel, j'y suis allé aussi la semaine passée mais seul, depuis que Marguerite a failli s'évanouir.

— C'est un lieu où l'on attend la mort dans la plus parfaite inconscience, reprend l'abbé. Ils ont tous perdu l'esprit, et Catherine...

Il s'arrête un moment, serre fortement ses mains l'une contre l'autre.

— Quelle pitié ! continue-t-il. Avec ses fers de condamnée, attachée du matin au soir, n'ouvrant la bouche que pour engloutir une bouillie repoussante...

— On a tout fait, soupire Michel, pour la sortir de là, mais la puissance du capitaine est la plus forte, même encore maintenant, diminué comme il l'est.

— Je leur ai rendu visite, dit l'abbé, c'était avant-hier. Il faisait meilleur qu'aujourd'hui !

Il se lève, marche jusqu'au four où la chaleur est plus dense, frotte ses bras engourdis.

— Le cousin ne sort plus que poussé dans un fauteuil roulant. Il se plaint sans cesse de son dos, de ses jambes inertes, va chez tous les rebouteux et les guérisseuses. Sa table de nuit est couverte de fioles et de plantes... Le malheureux !

Michel compatit. Triste fin pour un si brillant officier !

— Mais, parrain, dit-il en suivant le prêtre, vous m'avez dit que la justice divine...

Il n'achève pas sa phrase. L'abbé se retourne, le fixe.

— Tu as peut-être raison, qui sait si ce n'est pas le dessein de Dieu qui a placé le pistolet dans la main de cette pauvre Catherine ? Le capitaine a commis des erreurs, il n'était pas toujours charitable envers son prochain, mais par ailleurs, il s'est bien racheté en payant l'inhumation de ton père...

Michel esquisse une moue sceptique. L'abbé tiendrait-il les mêmes propos s'il connaissait les vraies raisons qui ont rendu sa fuite plus facile ?

— En tout cas, fait-il, pensif, notre mère est en train de mourir de langueur et c'est bien ça le plus terrible !

L'abbé toussote, cherchant visiblement à ne pas trop s'attarder.

— Détrompe-toi, dit-il encore. Elle ne se rend compte de rien.

Il s'empare de sa pèlerine, va pour sortir lorsqu'un client téméraire, bravant la tempête et le froid, entre dans la boutique.

— Tiens ! Mirey, s'exclame tout de suite Michel en le reconnaissant, je suis avec mon parrain, approchez donc !

Les deux hommes se saluent en même temps.

— Je viens seulement chercher une livre de tourte et j'en profite pour me réchauffer ! C'est réconfortant de s'arrêter chez vous !

Mirey hésite un instant, jette un coup d'œil circulaire.

— Il faudrait un café, ici ! On pourrait boire un peu pour se remettre !

Les Cantelou sourient.

— Bonne idée ! dit Michel, mais ce n'est pas demain la veille avec les sous qu'il me faudrait encore...

— Et la Catherine ? demande Mirey, la main déjà sur la clenche de la porte.

— J'en viens, répond l'abbé, c'est une misère de la voir ainsi : squelettique, sale et mal nourrie, elle a pourtant toujours le même sourire vague et l'inconscience la plus totale !

Mirey reparti, Michel donne un verre de vin chaud au prêtre, il cherche à engager la conversation sur un sujet qui le perturbe :

— J'ai peur avec la conscription, on va peut-être m'appeler…

Des verres monte une légère fumée vaporeuse, l'abbé boit une franche gorgée, le rassure :

— Ce sont avant tout les hommes jusqu'à vingt-cinq ans.

Tous deux demeurent un peu songeurs. Il est vrai que la paix s'annonce à nouveau précaire, Napoléon ne vient-il pas de se décider à tenir tête à l'Angleterre, l'Autriche et la Russie ? Combien de blessés et de morts en perspective ?

— En chaire, j'ai beau rassurer les familles, cela n'empêche pas des jeunes de se mutiler pour échapper à la loi, continue l'abbé. Chaque jour, dans mon église, je vois des dizaines de femmes prier ou donner toutes sortes d'offrandes pour que leurs fils ne partent pas.

— J'ai aperçu les femmes Marc et Bertheaume, dit Michel, allant de la chapelle Sainte-Anne au bois de Grouchy…

L'abbé hoche la tête, au courant de ces pratiques.

— Elles vont à la pierre Dyallan [1] réciter des incantations magiques pour s'attirer les faveurs des puissances occultes ! Peut-on les en empêcher ?

Une bourrasque plus forte vient soulever la porte, la grêle recommence à frapper les carreaux de la boutique, Michel et son parrain méditent dans le silence de la petite pièce.

---

1. Dolmen à réputation magique.

« Anne et Charles, les deux enfants de Marguerite, sont trop jeunes, pense Michel, Nicolas est soutien de famille, mais moi ? »

L'abbé s'étire en posant son verre.

— Je dois y aller, dit-il, je vais visiter Hamel, l'aubergiste, il est bien malade à ce qu'il paraît. En tout cas, il pense vendre son affaire, c'est ce que m'a dit sa femme. Il en a assez de tous ces enfants abandonnés qu'il retrouve devant sa porte, des voyageurs égarés qui meurent dans ses chambres ou s'y suicident, sans compter l'autre jour une servante du pays d'en haut qui a accouché en pleine nuit !

En ouvrant la porte, Michel s'inquiète :

— Qui donc va reprendre cette auberge ? C'est dommage, on les aimait bien, les Hamel !

Luttant déjà contre le vent et la pluie, l'abbé salue son filleul, s'enveloppe dans sa lourde pèlerine et enfonce son chapeau.

— Un certain Corbel, répond-il, de Coulvain !

Il s'éloigne, marchant péniblement, tache noire sur le gris de la route et du ciel qui semble la rejoindre. « Un vrai temps de chagrin ! » pense encore Michel avant de rentrer compter ses sacs de farine.

Sur la route droite, stratégique, de Caen à Rennes, percée sous le Consulat pour permettre aux Bleus de pénétrer plus facilement dans les pays de chouannerie, la file des conscrits s'allonge. De nombreux fils de La Ferrière, quittant des parents éplorés, vont se regrouper au camp de Boulogne-sur-Mer avec ceux venus du Nord. L'Empereur y prépare un débarquement en Angleterre qui échouera avec la défaite navale de

Trafalgar. La plupart des militaires sont alors envoyés à Ulm.

Dans la boutique, Michel écoute les plaintes et les réflexions des clients qui viennent chercher leur pain : « Mon fils, répète souvent la femme Delarue, a du pain blanc, c'est ce qu'il nous écrit d'Autriche...

— Les biscuits secs des gibernes françaises, souligne à son tour Briouze, sont une insulte au courage ! »

Tremblant toujours de se voir enrôler, Michel se tait. Ce qu'il admet le moins au fond de lui-même, c'est une fois de plus la baisse des ventes et l'éternelle menace de devoir fermer boutique. Hypothèse qui devient de plus en plus probable avec la diminution des fournées et les taxes obligatoires.

C'est alors qu'une idée, lancée d'abord par ses proches, revient le taquiner comme un appât salutaire. Un bon mariage ne ferait-il pas son affaire ? L'âge venant, il s'aperçoit qu'un héritier serait une manière de ne pas travailler pour rien sans oublier qu'une excellente dot le sauverait de bien des déboires économiques.

Pas question de sentiments. Michel calcule, plume en main, il aligne les chiffres chaque soir et voudrait que la recette amortisse et même conforte honorablement les dépenses. Pour ce faire, il n'existe pas d'autre salut que d'épouser une jeune fille aisée. Mais voilà ! Il va lui falloir sortir de sa réserve habituelle et jouer les conquérants, à moins qu'un père compréhensif œuvre pour lui auprès de sa fille. Dilemme qu'il résout rapidement en optant pour la seconde solution. Après tout, il n'a pas assez côtoyé les jeunes filles sérieuses du pays pour savoir s'y prendre !

Encouragé par Marguerite et l'abbé Cantelou auquel il tarde de bénir enfin l'union tant espérée, Michel se met en quête. Le meilleur endroit lui semble encore être le marché ou la foire. Autrefois échaudé par une expérience malheureuse, il pense trouver là une façon de reconquérir ce qu'il avait perdu. Un certain Armand Regnouf, marchand de moutons et père de quatre filles, lui apparaît comme un homme providentiel.

Certes, ils ne se sont pas souvent parlé mais leurs retrouvailles mensuelles à la foire du Mesnil-Ozouf sont un gage de bon augure. Après quelques mois de manœuvres adroites et subtiles, les deux hommes se lient d'une amitié « protocolaire » mais néanmoins chaleureuse. Michel apprend vite que les trois premières filles Regnouf sont mariées à des artisans du village de la route et que seule la cadette, Françoise, âgée de vingt ans, pourvue d'une dot de deux mille francs, est encore célibataire. Michel, qui en a trente-huit, envisage aussitôt cette union comme un cadeau céleste. Cette petite jeune fille brune aux yeux noirs, pas très jolie mais timide et sage, conjugue le doux parfum de revenus substantiels à une promesse de vie ordonnée.

Michel choisit d'y succomber, prêt à bien des sacrifices, y compris celui d'abandonner ses fréquentations féminines douteuses... Mariage de raison donc, mais assez bien vu par la famille à qui Michel fait miroiter, non sans une certaine vantardise, son commerce en plein essor !

La date des noces est fixée au mois d'avril 1810. Auparavant, comme il est de coutume par ici, la signature du contrat de mariage est obligatoire. Quinze jours avant les noces, Michel va donc retrouver sa future belle-famille chez maître Lebailly, notaire à Saint-Georges-d'Aunay. Le régime de la communauté des biens étant légalement adopté, Armand Regnouf confirme la dot de deux mille francs, tandis que Michel, à part sa boulangerie, ne dispose en tout et pour tout que de deux cents francs !

A la sortie de l'étude, chez la belle-famille qui l'invite, Michel passe à l'annulaire droit de Françoise une bague appelée « foy » dont le chaton est un cœur en argent couronné tenu par deux mains.

Encore quelque temps avant l'arrivée du grand jour, et les promis n'ont eu que très peu l'occasion de se voir seuls. Michel est confiant. Il se persuade que l'intimité avec Françoise ne peut être que profitable et sereine ; quant à la future, elle place tous ses espoirs dans cet homme d'expérience qui lui en impose. Certains ont cru bon de la mettre en garde contre les tares qui pèsent sur la famille à cause de Catherine, mais ne l'ayant jamais rencontrée, elle ne s'en préoccupe guère. En revanche, bien plus accaparantes ont été les finitions du trousseau qu'elle a commencé de filer elle-même depuis l'âge de douze ans.

C'est le 15 avril, huit jours avant la cérémonie, que la mère de Françoise conduit ce trousseau chez Michel, domicile à venir des époux. L'espace est restreint mais avec l'agrandissement prévu dont les travaux commenceront dans la semaine suivant la noce, le jeune couple s'installera rapidement plus à son aise. Au milieu de la gerbière repeinte, tirée par un cheval fleuri, la mère Regnouf et la couturière prennent place. Le rouet et sa quenouille enjolivée de rubans dépassent généreusement comme un signe qui indique à tous que la fiancée est une bonne travailleuse et une fileuse hors pair.

Enfin, le jour tant attendu arrive, sous un ciel nuageux et frais. Françoise a choisi une longue jupe de drap noir et une veste assortie dont le large col, les bords et les manches sont brodés d'un cordonnet de velours brillant. En dessous, son corsage blanc est piqué de fleurs noires assorties, tandis qu'une croix du Saint-Esprit, qui appartenait à sa mère, repose sur le jabot plissé. Cette croix figure une colombe qui descend du ciel vers la terre et qui porte dans son bec un rameau constellé de petits morceaux de quartz provenant des carrières d'Alençon.

Sur sa tête, Françoise laisse la couturière fixer les dernières épingles d'une coiffe plate en dentelle. Michel n'est pas en reste. Sur un pantalon clair, il a enfilé une redingote sombre qui s'ouvre sur un gilet assorti. Sous le grand col empesé de sa chemise blanche, il a noué une cravate en satin et s'est coiffé d'un haut-de-forme qu'il a loué à la ville.

Le service terminé, Françoise accroche un ruban de son bouquet à l'autel et donne à l'abbé Cantelou une pièce de lin. De son côté, Michel distribue aux pauvres trois tourtes de six livres qu'il a cuites la veille, tandis que les morceaux du « pain de mariage », symbolisant le partage et la fécondité, sont offerts à tous par Anne et Charles, les enfants de Marguerite.

Tout au long de la journée, danses et ripailles se succèdent dans la grange des Regnouf, aménagée en salle de fête. Banquet réussi, partage savouré comme un bonheur dans le courant du temps. Ils en ont tous pour leur estomac avec en prime de quoi garder de sacrés souvenirs !

Pendant quelques jours, comme tout jeune couple, Françoise et Michel savourent les débuts de leur vie commune mais le boulanger doit penser à son commerce et « faire tourner » sa boutique.

Françoise, qui a l'habitude du monde, dispense des sourires et des mots aimables que Michel apprécie autant que sa soumission à son égard. Le seul problème pour lui c'est de s'habituer à sa présence et d'admettre, au-delà des plaisirs de cet amour nouveau, que Françoise sera définitivement là. Il l'observe souvent, la malmène parfois, croyant un peu trop naïvement qu'il suffit d'une étreinte pour dissiper les brumes de ses colères. Françoise ne se révolte jamais car Michel représente celui que le récent Code Napoléon ordonne de respecter envers et contre tout.

Ces légères ombres mises à part, ce qui avait été convenu se réalise et la petite maison s'agrandit. Elle se dresse presque au bord de la grand-route de Bretagne coupant celle de La Besace vers Condé. En schiste et grès, avec seulement deux baies étroites à cause de l'impôt sur les portes et fenêtres, elle témoigne d'une ascension sociale certaine.

Outre une courette enserrant un puits d'eau potable, le rez-de-chaussée comprend le fournil, la minuscule boutique et une pièce plus importante réservée à la salle de séjour. Au premier étage, on trouve deux chambres dont celle des époux. Un assez bel ensemble remarqué, que Michel ne se lasse pas d'admirer, flatté des regards envieux qu'on lui octroie. Voilà enfin le couronnement de son combat !

27

— Rentre donc, il est tard !

Françoise vient le prendre par un bras, alors qu'il est encore dehors à évaluer l'effet de sa maison. Elle sourit.

— Tous les jours, tu te mets là !

Derrière eux, la route en ligne grise continue se perd en haut de la côte où le soleil décline. Michel prend sa femme par les épaules, il n'ose pas souligner qu'il lui doit beaucoup, il l'embrasse simplement, bourru, maladroit dans ses gestes de tendresse. Françoise qu'il connaît bien maintenant, avec cette année de mariage qu'ils ont fêtée autour d'une tarte et du « pur jus ». L'héritier ne s'annonce pas mais elle lui semble si jeune, si fragile.

« Tu comprends, lui dit-il souvent le soir, une naissance ce serait bien, je vieillis… »

Françoise fronce les sourcils, elle n'aime pas les mots qu'il emploie mais elle se reprend presque pour s'excuser : « Nous avons déjà la maison, nous pouvons attendre un peu… »

Elle sait que ce soir, c'est lui qui posera sa bouche à la naissance de son cou, qu'il lui dira : « Tu veux ? » en appuyant sa main sur ses jambes, en remontant lentement. Elle fermera les yeux, d'abord un peu crispée, puis elle s'abandonnera comme les autres fois, conquise.

Dans la fraîcheur du soir, elle se blottit contre lui, reconnaissante, attendant qu'il se décide à rentrer.

— Viens ! dit-il enfin.

Il l'entraîne avec sa façon un peu autoritaire de lui mettre la main sur la croupe ainsi qu'il a vu faire Briouze, quand il a ferré une jument.

Il ferme la porte, s'amuse à lui tenir les mains pour l'embrasser. Françoise se débat faiblement, rit :

— Tu es fou ? Arrête ! dit-elle sans se dérober, saisissant le regard qui s'allume sous le désir, la tension du corps qui la domine alors qu'elle cède, se laisse envahir parce qu'il va l'aimer ici, elle le sent, imprévisible et fougueux.

Mais les jours, eux, sont moins enchanteurs et par un mauvais coup du sort, les récoltes de l'année ne sont pas bonnes. La sécheresse s'est abattue sur le Midi et le Nord a été pris par les nielles. En conséquence, la farine manque et le peu qu'il y a est travaillé individuellement dans les petits fours à pain familiaux. De plus, les préparatifs de la guerre contre la Russie amènent de fortes réquisitions. Sentant la menace de conflit imminente, les jeunes se marient en grand nombre pour échapper à la conscription. Il y a déjà eu tellement de morts depuis 1808 parmi ceux de vingt ans ! A la mairie, les avis de décès provenant des champs de bataille ou des hôpitaux européens, depuis Madrid jusqu'à Varsovie, affluent. Le jeune Auvray a été tué à Wagram, un fils Delarue meurt d'une fièvre à Liège. Sans compter les accidents qui surviennent dans la commune. Caché dans les bois de La Ferrière, le fils du maître d'école, un conscrit réfractaire âgé de dix-neuf ans, est rattrapé par les gendarmes qui le blessent mortellement. Grondant d'une sourde colère, le village entier assiste aux obsèques. Dans ces temps cahotants, Michel et Françoise ne survivent que grâce au travail de blanchisserie que la jeune épousée n'hésite pas à entreprendre. Deux fers à repasser avec ses initiales gravées et la date de mariage sont toujours prêts devant la cheminée. En espérant que les récoltes suivantes amélioreront la situation, ils prennent leur mal en patience, au grand mécontentement du père Regnouf qui qualifie Michel de « bon à rien » ! Non seulement les récoltes sont maigres, mais Napoléon avec sa folie des guerres dévoile sa vraie nature. Le Premier consul qui avait fait naître des projets d'avenir meilleur n'a pas tenu ses promesses.

« Ça ne peut plus durer, entend-on partout. Il nous prend nos fils de dix-huit ans ! » Même les vieux grenadiers de la Révolution s'étonnent de la jeunesse des appelés, personne n'en revient, pas même l'ex-capitaine Cantelou qui, cloué sur un fauteuil, explique que le conflit n'est pas seulement une question d'armes mais aussi un blocus économique. Dans la boutique, Françoise écoute chaque jour les plaintes qui n'en finissent pas. Elle voit même des femmes vendre leurs cheveux sur le marché pour s'acheter ensuite un peu de linge ou de ravitaillement. Quant à Michel, assis sur les marches de son fournil, il regarde les gens passer.

— Si ça continue, dit-il à Françoise, je vais être obligé de boulanger avec des fèves, comme avant.

Ils en sont là tous les deux à se ronger, à se poser des questions sur l'avenir.

— Ce n'était pas tout, cette maison !

Michel s'en veut d'avoir construit :

— Avec ces sous-là, on aurait pu tenir !

Françoise le calme, un peu triste pourtant :

— Tu en voulais tant ! Et nous avons plus de place...

— A quoi ça sert si je ne boulange plus !

La colère de Michel est vaine, inutile, il le sait. Il donne un coup de pied dans sa maie, dérisoire dans son impuissance, attendrissant pour Françoise qui voit l'enfant qu'il était.

— Si nous avions un fils ou une fille, ce serait pire, dit-elle.

Sa voix est douce, elle n'a pas la fébrilité de son mari ni son impatience. Elle va jusqu'à la fenêtre, regarde passer un attelage sur la route puis plus loin les épicéas argentés sous le timide soleil de printemps qui baigne la plaine.

— Peut-être que ça s'arrangera bientôt.

Elle rêve un moment, oublie la boulangerie, les soucis, admire les tilleuls en fleur et les grands châtaigniers.

— A quoi penses-tu ? demande Michel.

— Tiens ! fait-elle en sortant de sa torpeur, voilà Charles qui vient chez nous.

Michel se déplace pour l'accueillir.

— A cette heure de l'après-midi, dit-il, c'est qu'il se passe quelque chose...

Charles, qui va sur ses quinze ans, suit les traces de son père ; le travail du bois le passionne. Il connaît mieux que quiconque tous les arbres du Bocage et sait évaluer infailliblement le meilleur bois avant même de le scier. D'habitude plein de force et de gaieté, il entre aujourd'hui à pas comptés chez son oncle.

— J'ai une mauvaise nouvelle, dit-il. C'est la grand-mère Catherine ; elle est morte à l'asile !

Michel n'est pas autrement surpris. Il plisse un instant les yeux.

— La Familière... dit-il.

A Françoise et Charles qui ne comprennent pas, il sourit.

— C'était une ombre, dit-il encore, elle a rejoint les ombres. C'est mieux ainsi !

Il n'a pas envie de pleurer. Il se détourne, ferme les yeux, la revoit enterrant le coffret quand les gabelous arrivaient en plein été. Elle était forte malgré sa peur ; il lui donnait la main, serrant les dents, la prenant en exemple pour ne pas pleurer. « C'était il y a... c'était hier, simplement hier », pense-t-il.

Il redresse la tête, coiffe son chapeau.

— Allons, dit-il à Françoise, il faut rejoindre Marguerite et Nicolas.

Mais si pour eux tous, avec leur peine, le temps se fige comme le corps desséché de Catherine qui va rejoindre Marin, la guerre, elle, ne faiblit pas. Après les défaites impériales, l'invasion des coalisés cause la chute de l'Aigle. Suivant de peu Waterloo, les Prussiens et les Russes bivouaquent à Paris et certains corps poussent jusque dans l'Ouest.

Le 25 septembre au matin, Françoise affolée appelle Michel :

— Les Prussiens, regarde !

En moins d'une minute, ils ferment porte et fenêtres de leur maison, attendant presque mortifiés dans l'obscurité. Mais les gaillards quittent la grand-route pour se diriger vers le presbytère. Après en avoir brisé les carreaux, ils consomment deux cents pots de cidre, quinze livres de viande, quatre de beurre et sans vergogne emportent une tabatière en argent, deux couteaux et, ironie, un beau missel tout neuf. Puis, poches et ventres bien garnis, ils se dirigent vers Caen où le préfet du nouveau roi Louis XVIII recevra la supplique du curé pillé.

La peur a été si grande à La Ferrière que, pendant plusieurs jours, seuls les hommes armés du fusil de chasse sortent des maisons.

Un matin cependant, la carriole du père Regnouf s'immobilise devant la boutique. Un franc soleil adoucit l'air, filtré par les branches des hêtres qui se dénudent au bord de la grand-route.

Françoise s'avance.

— J'espère que tu n'as pas fait de mauvaises rencontres ?

En descendant lourdement de sa charrette, Armand Regnouf la rassure :

— J'ai un solide couteau caché sous des pouches, si j'en vois un…

Il rit.

— Belle journée, non ?

Il s'arrête, hume à plein nez la fraîcheur de l'automne, gonfle sa poitrine.

— Les champignons vont pousser, dit-il encore.

Mais tout à coup son visage s'assombrit ; avant d'entrer dans la maison, il devient sérieux :

— Triste nouvelle pour vous ! dit-il, un peu laconique.

Michel, qui arrive derrière Françoise, le salue à peine, inquiet :

— Hé quoi, père Regnouf ? Que venez-vous nous annoncer comme chagrin ?

— C'est pas demain que ma fille abandonnera le repassage ! répond-il, agressif.

Michel se retient de répondre. Regnouf ne supporte pas, n'a jamais supporté que son beau-fils ne boulange presque plus. Françoise et lui ont eu beau essayer de lui expliquer le manque de grains, lui montrer que même Roberge, le meunier, s'était fait journalier pour gagner un peu d'argent, il ne veut rien entendre. « Fainéant ! » répète-t-il comme une rengaine. Et aujourd'hui, s'il s'est déplacé jusque chez eux, c'est pour quelque chose de grave.

— Deux boulangeries viennent de s'ouvrir ! fanfaronne-t-il, une au Méniozou, l'autre au Frêne.

Les visages de Françoise et de Michel s'altèrent : comment est-ce possible, et si près d'ici ? Ils rentrent dans la salle. Regnouf sort du tabac de sa poche, l'air satisfait il bourre consciencieusement une pipe en terre.

— Après la pluie vient le beau temps, fait-il, absorbé. Après la guerre, la paix...

Il relève la tête, regarde ses enfants pensifs et défaits.

— Vous avez bien du feu ?

Michel ouvre le tiroir du buffet.

— Hier, j'ai acheté des allumettes à un colporteur qui faisait de la contrebande. Tenez !

Il tend une boîte à son beau-père, reprend, plus ennuyé que jamais :

— Vous avez raison, c'est que la paix revient. Peut-être qu'avec le nouveau roi, des jours tranquilles vont revenir aussi...

Armand Regnouf n'écoute plus. Il ouvre déjà la porte, respire encore à fond. Les senteurs des feuilles mortes qui jonchent le sol, la mousse humide des pluies récentes.

— Il faudra bien que vous vous en sortiez, dit-il à Michel avant de retrouver sa carriole. En tout cas, quoi qu'il advienne, ne comptez plus sur moi !

A peine est-il parti que Françoise s'effondre.

— Cette fois, dit-elle, nous allons devoir vendre...

Michel n'y croit pas. Il s'est trop battu, a trop cru en son étoile pour renoncer.

— C'est impossible, dit-il, nous allons trouver une solution.

L'amertume pourtant se glisse en lui, sournoise, tenace. Il n'ose pas la regarder. « Pas d'enfant, pense-t-il, et la faillite au bout... » Il sent l'injustice du destin qui va gagner, le réduire plus bas que ces filles à qui il jetait cinq sous... Il a honte soudain pour elles, pour lui. « C'est impossible d'avoir tenu tout ce chemin pour en être là à nous lamenter. »

Le jour si clair par la fenêtre est une injure à leur désespoir. « Ce n'est pas dit, pense-t-il, que je me laisserai vaincre ! »

Il hésite, se frotte énergiquement la tête comme s'il croyait que cela allait l'aider. Et tout à coup, il se transforme, s'illumine.

— J'ai trouvé !

Etonnée, Françoise se mouche une dernière fois, interroge :

— C'est vrai ?

Elle n'y croit pas ou seulement un peu, ce serait si beau ce miracle...

— Je vais leur porter le pain moi-même !

Devant la surprise de Françoise, Michel s'anime comme un gamin :

— Mais oui, fait-il en s'agitant, j'irai frapper aux portes des fermes, ils n'auront même pas besoin de se déplacer...

Elle réfléchit, assise près de leur table, le bras appuyé sur le bord. Aurait-il vraiment trouvé un moyen ?

— Dès demain, j'essaye ! Nous verrons bien, continue-t-il, énervé, il me faudra juste des liens en cuir assez robustes pour attacher la hotte sur mon dos.

Il attend un moment, s'imagine déjà harnaché.

— Et des pouches aussi, s'il pleut !

Il va, virevoltant dans la pièce ; il oublie l'heure, les tracas, le jour, il est là-bas dans les cavées profondes coupant les taillis et les champs ou sur la grand-route jusqu'au Haut-de-la-Pie.

Françoise ne peut s'empêcher de sourire.

— J'en suis tout échauffé ! s'exclame-t-il encore, et son poing va percuter l'air comme s'il y discernait un agresseur invisible.

28

Dès le lendemain, ainsi qu'il l'avait prévu, Michel se prépare pour sa première tournée. Françoise l'aide à nouer les liens qu'il passe à ses épaules.

— C'est lourd, dit-elle, tu vas pouvoir marcher ?

La fournée encore chaude les enveloppe d'une odeur suave, appétissante.

— Je n'ai pas le choix, répond Michel, il faut que je vende ces tourtes…

Par bonheur, le soleil au rendez-vous agrémentera son périple. Michel a son idée de parcours bien en tête, il y a réfléchi une bonne partie de la nuit.

En partant, il se retourne vers Françoise.

— Tu n'en as jamais vu, hein ? s'exclame-t-il, enjoué. Je suis un boulanger de la route !

Il s'éloigne, crie encore en détachant les syllabes :

— Un bou-lan-ger-de-la-route !

Heureux de sa formule, il se met à siffloter.

Après quelques pas sur la grand-route, il aperçoit son parrain qui se dépêche en direction de l'Embranchement. Interloqué de voir Michel avec sa hotte, l'abbé Cantelou a juste le temps de se ranger, une diligence lancée à pleine vitesse manque de le renverser.

— Attention ! s'écrie Michel, c'est dangereux par ici.

En quelques pas, il a vite fait de s'approcher et de lui expliquer sa nouvelle tactique de commerce.

— Puisses-tu réussir ! commente l'abbé. Nos gens sont méfiants.

Mais son air préoccupé frappe Michel.

— Où allez-vous donc ? demande-t-il.

— Chez les Corbel, répond le prêtre. Je vais baptiser un enfant abandonné qu'ils ont trouvé dans une bourriche posée devant leur porte. C'est une petite fille, à moitié morte de froid, paraît-il. Le maire lui a déjà trouvé un nom : Marie-Fortunée. Pourvu que j'arrive à temps !

Pressé, il se hâte, laissant Michel et son chargement insolite.

Un peu plus loin, le boulanger prend un sentier qui descend entre des sureaux et des peupliers trembles. Il franchit une passerelle, remarque les eaux limpides du ruisseau sur lesquelles glissent des libellules. En approchant du hameau de La Boëtte, des voix d'enfants lui annoncent les premières habitations. Michel dénoue la corde d'une barrière et se présente.

En réponse, Castel le fermier l'invite :

— Tiens ! entre donc boire un coup !

Michel pose sa hotte après avoir franchi le seuil.

— Ça s'rait pas que tu viendrais nous apporter notre pain à domicile ?

Visiblement, Castel n'en revient pas. Mais Michel a plus d'une idée dans la tête, il enchaîne :

— Je vais en profiter pour vous faire goûter celui-là, on peut le garder trois semaines tandis que votre pain de campagne chancit en huit jours. C'est du pain brié !

Il distribue des petits morceaux à la ronde.

— Il est rudement bon ! s'étonne Castel, qui mastique avec lenteur.

Content, il prend une échalote et la découpe en fines lamelles sur un autre morceau.

— Je vous en laisse un tout entier, poursuit Michel, vous le ferez goûter à votre famille et je vous propose mon pain « recuit » pour ce soir, avec un bon bouillon dessus, vous aurez une soupe sans pareille !

Castel se gratte la nuque.

— Je veux bien les prendre, mais je ne vais pas pouvoir te payer aujourd'hui…

Michel le rassure comme il va le faire chez tous ceux qu'il visitera dans les écarts. Il sort une baguette plate de coudrier fendue en deux, une moitié pour le client, l'autre pour lui.

— Ne vous tourmentez pas, je marque seulement à cet endroit une encoche avec notre compte et ainsi je m'en souviendrai…

Castel et sa femme échangent un coup d'œil : est-ce bien à leur avantage ? Quelque chose les tracasse :

— D'accord ! mais est-ce qu'on doit payer le dérangement ?

— Bien sûr que non, explique Michel. Nous sommes si près les uns des autres, alors…

A cette condition tout semble s'arranger.

— On va essayer pendant un mois, dit encore Castel, prudent.

Michel parlemente et débat durant toute la matinée pour ne récolter que deux clients.

« Allons ! s'encourage-t-il, ça leur plaira s'ils y trouvent leur intérêt et leur goût. »

L'après-midi de la même journée, il s'acharne à reprendre sa tournée et se dirige cette fois vers le chemin de Migny où il connaît quatre grosses fermes et leurs ouvriers. A la sortie du bourg, après avoir traversé la petite place de l'église, il emprunte un sentier de traverse pour gagner le hameau qu'il va visiter. La venelle passe d'abord derrière l'école ; par une fenêtre ouverte, Michel salue la nouvelle institutrice, Virginie Delaunay, qui commence sa dictée. Amusé, il s'arrête et écoute, se souvenant du temps où il apprenait ici.

La voix légère articule en insistant sur les mots :

— L'âne n'est point un cheval dégénéré ou un animal à queue nue, il n'est ni étranger, ni intrus, ni bâtard. Son sang est pur…

Le chemin continue de grimper jusqu'aux Longs-Rais. Il croise plus loin l'ex-capitaine Cantelou, bien vieilli, porté par deux valets. Enfin, il entre chez les Lefèvre. Là, même dialogue, même rituel qui aboutissent à l'accord. Finalement, il repartira vers La Ferrière avec trois nouveaux contrats sur les cinq envisagés. Ses coches déjà entaillées se balancent à sa ceinture. Il n'a pas encore touché d'argent et dans le fond de sa poche il ne tâte que deux sous, mais l'espoir l'encourage et il sait que sa persévérance aura raison.

Ces tournées qu'il entreprend régulièrement au fil des jours et des saisons ne lui rapportent pas toujours de nouveaux clients. Certains paysans demeurent méfiants et rien ne peut les faire changer d'avis.

Les uns disent : « Moi, j'envoie mon gamin le chercher, ça l'occupe et on le pèse devant lui… » Mais ceux-ci de toute façon sont ses clients car ils viennent chez lui. Les autres plus coriaces veulent garder coûte que coûte leur autonomie rurale. Ainsi le père Gervaise, cultivateur, se montre intransigeant : il se taille une belle tartine, non sans s'être assuré qu'elle était bien gratuite, et la trouve fade : « Y m'a l'air pâteux et sans saveur ! Quant à la durée ça ne m'intéresse pas, la patronne en fait deux fois par semaine et on en a du toujours frais ! » Et en clignant un œil, il ajoute : « Et qu'est-ce qu'elle ferait à la place ? »

Devant la farouche obstination de Gervaise, Michel ne peut que rire. La dernière boutade est une perle qui fera rapidement son chemin dans la commune, de quoi entrer dans la légende et passer à la postérité ! Mais la fatigue de ces tournées accable Michel plus qu'il ne l'avait imaginé. Lorsqu'il rentre chez lui, souvent alourdi par la boue des chemins creux, sali par les ornières et les éclaboussures des charrois, il n'a qu'une idée : s'attabler devant un bol de soupe chaude et retrouver ses forces. Un soir où la tournée fut particulièrement éprouvante à cause de la tempête et de la pluie, il s'étonne de découvrir Françoise toute joviale et prévenante. Même le feu de la cheminée distille un parfum d'allégresse alors que dehors la campagne fouettée, balayée se tord sous l'eau et le vent.

Michel se cale devant le feu.

— Dieu ! Que c'est bon, je suis trempé jusqu'à la moelle des os…

Epanouie, Françoise l'embrasse tendrement dans le cou.

— Change tes habits ! Il faut les sécher…

Elle est là, autour de lui, empressée, douce, s'attachant à lui rendre cette soirée d'hiver facile et réconfortante.

Pourtant habitué à ses égards, Michel la taquine :

— Toi, tu n'es pas comme d'habitude !

Elle rougit légèrement, voyant qu'il s'est rendu compte de la différence, défait elle-même la veste mouillée, tire sur le maillot de flanelle, amoureuse, câline. Ses doigts flattent la peau nue, les muscles des bras noueux du combat quotidien qu'il mène avec la farine et l'eau. Michel fronce un peu les sourcils, heureux au fond de cet hommage, de ces caresses qu'elle lui donne, fidèle et tendre. Il l'attrape, la serre dans ses bras alors qu'elle rejette la tête en arrière dans un rire en cascade qui l'aguiche. Le désir entre eux, c'est l'étreinte de leurs corps qui va se réaliser dans la douce chaleur émanant des bûches qui brûlent et qui craquent.

Il murmure près de son oreille en la titillant du bout de sa langue :

— Nous n'aurons plus d'enfants maintenant... C'est sûr, mais je te prendrai encore longtemps, tant que tu sauras si bien te faire aimer !

Il la serre plus fort, cherche ses lèvres mais c'est elle qui le repousse, sans violence, comme un entracte dans cet immuable jeu de l'amour.

— Ecoute, dit-elle en posant son index sur sa bouche puis en dessinant le contour de ses lèvres. Cet après-midi, j'ai été voir l'officier de santé à Cahagnes qui me l'a confirmé : j'attends un petit pour l'été !

Michel ne sait plus ce qui se passe. D'un seul coup, son corps est un immense brasier de joie qui l'enflamme du haut en bas, parcourant ses veines, cognant dans son cœur et contre ses tempes. Il prend Françoise, la soulève, la fait tourner autour de lui.

— Pour de vrai, dis ? Pour de vrai, un petit à nous ?

Il exulte, n'ose plus l'étreindre de trop près.

— C'est ton père qui va en faire une tête ! Lui qui pensait que je n'étais même pas bon à te donner un enfant...

Il l'embrasse comme jamais il ne l'a embrassée, de tout son être et pour une fois profondément amoureux, reconnaissant. Puis il remonte doucement sa jupe, ouvre son corsage et la glisse contre lui avec mille précautions sur le sol, les mains sur son ventre, tempérant sa fougue dans une sorte de crainte devant le mystère.

Peu à peu, au fil des mois, Françoise s'arrondit. Dans la boutique, les clientes prennent des nouvelles, l'encouragent : « Après dix ans de mariage, c'est un vrai miracle ! »

Le père Regnouf est enfin satisfait. Il voit bien aussi que si les affaires reprennent dans la boulangerie, c'est que Michel se démène comme un beau diable, et maintenant que sa dernière fille va lui offrir ce qu'il attendait, il se calme.

C'est uniquement devant sa femme qu'il reprend la situation à son compte :

— Le Michel, si je ne l'avais pas secoué, il en serait toujours au même point ; c'est grâce à moi, tout ça !

Mais son épouse a déjà trop à s'occuper avec ses autres filles et ses petits-enfants. Elle accueille assez froidement la nouvelle :

— Attendons qu'elle accouche, on verra bien !

Au milieu d'une journée sèche et ensoleillée d'août, Françoise se penche sur la margelle fleurie de leur puits. Encore quelques tours de manivelle et le seau plein d'eau sera là.

Michel, occupé au fournil, n'a pas vu l'imprudence de la future mère qui continue à vouloir tout faire comme avant.

Un cri rauque le déloge en vitesse de ses bannetons et le précipite dans la cour. Comme si elle venait de se blesser, Françoise est pliée en deux et gémit de douleur en agrippant d'une main le bord de pierre, tenant de l'autre son ventre rond.

— Mais je t'avais interdit…

Michel n'a pas le temps de terminer que Françoise hurle :

— Il est là ! Aide-moi !

Elle se tasse, roule par terre, des larmes ruissellent sur ses joues tandis que ses mains battent l'air, cherchant du réconfort. Complètement perdu, Michel ne sait plus que faire. Après une brève hésitation, il court au-dehors et se retrouve devant la boutique, apostrophant le forgeron qui habite de l'autre côté de la grand-route :

— Briouze ! Vite, dis à ta femme de venir, Françoise accouche !

Sans perdre un instant, il va rejoindre la pauvre Françoise qui baigne dans une mare de sang. Il soulève alors la robe tachée et aperçoit un petit corps sanglant qui remue. En le saisissant délicatement, il écarte le cordon ombilical qui entrave la bouche et tout en l'essuyant, lui assène de petites tapes. Mais la mère Briouze et une voisine accourent déjà pour aider. En un tournemain, Françoise évanouie et l'enfant sont portés dans la salle pendant que Michel se dépêche de chauffer de l'eau et d'en remplir des bassines. Puis c'est un cri strident qui retentit.

— Ça y est ! dit la mère Briouze. Votre gars s'époumone, il est tout gras, tout rose, un vrai mitron !

En une heure à peine, la nouvelle mère et son enfant sont soignés et réconfortés. Seul, Michel en demeure tout secoué ! Il se souviendra longtemps de ce qui va devenir le plus beau jour de sa vie.

« Mon Nicolas-Victor, répète-t-il, c'est moi qui l'ai mis au monde ! »

Un prénom choisi par Françoise et que l'enfant doit en partie à son parrain, selon la coutume. Fier d'ailleurs de ses responsabilités, ce dernier ne tarde pas à prendre le petit dans ses bras.

— Il est arrivé sans prévenir, dit-il. En voilà un qui sait ce qu'il veut !

Le nouveau venu est baptisé un dimanche d'été 1820 dans une année fertile en naissances où les carillons reprennent leurs volées. Sous un ciel clair, à la sortie de la messe, parents et amis se regroupent, rejoints par les impatients qui, en attendant, ont préféré s'attabler au café vis-à-vis du cimetière. Sur la porte, un écriteau sait rassembler ces impénitents du calva : *Ici, on est mieux qu'en face* !

Le violoneux se met alors à jouer quelques airs vifs et grinçants et sonne ainsi le rassemblement avant que l'on monte dans les carrioles pour rejoindre la boulangerie. C'est Michel lui-même qui offre une tourte aux mendiants et aux vagabonds en haillons qui attendent. Il les connaît bien. Pas une semaine ne passe sans que l'un ou l'autre de ces pauvres dépenaillés vienne pousser la porte de la boutique ou du fournil. L'hiver, il les laisse se réchauffer devant le four avant de leur offrir pour une nuit une paillasse ou une pouche étendue sur deux sacs de farine. Certains ne parlent guère, Michel sent alors le silence que des années de bagne ou de misère ont dû leur apprendre à garder. D'autres colportent les nouvelles d'un pays à un autre. Ils forment alors une chaîne qui relie le passé au présent, deviennent aussi nécessaires que les innombrables migrants ou

« gagne-petit » du Bocage : chaudronniers, dinandiers ou cloutiers, coiffés d'un grand chapeau de feutre, vêtus d'un sarrau descendant jusqu'aux genoux et tirant des charrettes à bras pour conduire leurs produits vers l'Est, l'Auvergne ou le Midi.

Seuls sont écartés de toute charité les fainéants et ceux qui repassent systématiquement. Ces mendiants de toute façon ont à leur avantage une très bonne organisation. Quelques-uns, qu'une infirmité empêche de travailler, se groupent en corporations. Ainsi ceux de Montchamp-le-Petit sont reconnaissables à la lettre de l'évêque et au certificat de la mairie attachés à leur cou. Ils se précipitent à des dates bien précises, que l'on peut prévoir, à la porte d'un presbytère ou à un mariage important. Quelques autres choisissent l'indépendance et marchent solitaires à travers un ou deux cantons, d'une ferme ou d'une boutique à une autre. Chaque village a donc « ses mendiants » et les connaît ; une solidarité presque instinctive les entretient tant bien que mal, mais gare aux profiteurs !

La tablée qui réunit ensuite les voisins, la famille et l'abbé Cantelou est une vraie débauche de victuailles et de boissons.

Tout heureux de ce fils, Michel se métamorphose. Devant Françoise à peine remise et tous les invités, il danse, chante, raconte les savoureuses anecdotes de ses tournées, un peu éméché certes, mais empreint d'une volubilité qui le rend méconnaissable pour ses familiers. Un tour de force pour celui qui dans le monde paraît d'habitude plutôt taciturne et peu disert.

La journée n'est qu'un flot de gaieté qui les fait rire, boire et manger. Louise pense même à inviter le cantonnier communal qui passe non loin de la fenêtre ouverte, elle se précipite :

— Père Duclos !

Il est là avec sa brouette et sa gourde, la peau tannée, ridée par le vent et le soleil.

— C'est pas d'refus ! dit-il en la suivant pour le moment solennel du calva.

Le parrain du petit pose la bouteille dans un geste cérémonieux qui leur en impose.

— C'est interdit aux femmes ! dit-il en guise de commentaire.

Mais elles rient, ne regardent déjà plus ce vénéré breuvage, s'inquiètent du bébé qui se trémousse dans les bras de sa mère, reprises par leurs affaires de femmes, comme le soulignent Michel ou ses amis. En berçant son enfant, Françoise regarde par la fenêtre : le ciel fragmenté de nuages blancs laisse briller le soleil par intervalles, la grand-route s'étire, droite, bordée de vieux ormes, certains ont l'âge du père Duclos qui debout boit son verre avant tout le monde, son chapeau à la main. Un instant, elle voit la silhouette d'un roulier avec son cheval chargé de draps de laine, de rideaux de lin provenant sans doute des Vaux-de-Vire. Demain ou tout à l'heure, d'autres passeront encore, portant du papier à destination du Havre pour la Hollande ou l'Angleterre. Ces hommes qui ne s'arrêtent jamais, cette route royale comme un pont raccordant les extrémités du monde, Françoise ne peut s'empêcher d'en mesurer l'importance, la nécessité dans leur vie quotidienne.

Cette fois, les claquements de langue, les rots mal étouffés dominent l'assemblée : ce calva tient ses promesses.

Ils boivent à la santé du petit, des parents, aux récoltes tandis que, prudentes, les femmes lèvent des petits verres à moitié pleins de jus de cassis ou de framboises macérés dans l'alcool. Le jour suit son cours de fête, chaud et léger, entêtant comme s'il devait s'incruster en eux pour ramener, encore longtemps après, une bouffée de souvenirs joyeux.

Et c'est au milieu de ce bel après-midi que Baptiste Voisin fait brutalement irruption dans la salle.

— Je suis passé par la boutique, explique-t-il.

Agité, échevelé, Voisin, connu pour ses transports de chaux, a l'air d'avoir vu le diable en personne !

Françoise tente de le calmer :

— Prenez donc un peu de tarte avec nous, Baptiste, que se passe-t-il ?

Il refuse, plus blanc qu'un linge.

— Non, c'est l'abbé Cantelou qu'il me faut !

Il accepte juste de s'asseoir sur le coin d'une chaise, prêt à repartir, tournant son chapeau dans tous les sens entre ses dix doigts. Tant et si bien qu'il suscite moqueries et quolibets. Non sans mal, l'abbé parvient à rétablir le silence et lui demande de s'expliquer.

— Par Notre-Seigneur Jésus-Christ ! répond Baptiste, je viens vous chercher pour Jérôme Gaultier, il est possédé du Malin !

Aussitôt la stupéfaction et l'effroi gagnent tous les visages.

— Jérôme Gaultier, le maître de poste ? demande encore l'abbé. Où est-il ?

— Je vous le jure sur la tête de ma pauvre mère défunte, reprend Voisin en levant la main droite, on l'a mis dans la chapelle Sainte-Anne, arrosé d'eau bénite, on a même prié, rien n'y fait !

Le parrain de Michel se dresse, imité par tous ; une véritable ruée conduit les participants au baptême sur la grand-route. Dans la salle, il ne reste bientôt plus que Françoise donnant la tétée à Nicolas-Victor.

Une envie de voir, de surprendre un spectacle d'exception pousse la vingtaine de personnes vers la chapelle, c'est à qui arrivera le premier derrière la carriole du roulier qui a fait monter le prêtre à ses côtés.

Quelques minutes plus tard, tout ce petit monde rejoint la foule qui se presse devant l'étroit portail de l'église, essayant d'entrevoir le possédé.

L'histoire ne manque pas de saveur. Fieffé noceur et dépensier, Jérôme Gaultier vient de passer un pacte avec le diable pour s'acheter de nouveaux et indispensables chevaux. Une dizaine de jours auparavant, par une nuit de pleine lune, il a vendu son âme à Belzébuth contre un sac d'or. Mais après avoir gagné au jeu l'argent convenu, soudain pris de remords, il veut rompre le traité et recouvrer la sauvegarde de son âme. Or voilà trois jours et trois nuits, depuis que cette idée a germé dans son esprit, qu'il est soumis à des tremblements convulsifs et crie sans cesse. Sa femme et ses enfants, après avoir tout tenté, du guérisseur à l'officier de santé, décident d'en appeler aux prêtres de la paroisse.

Malgré les adjurations rituelles, l'abbé, déconvenu par l'obstination du démon, doit faire venir ses collègues.

Quatre paroissiens, et des plus robustes, maintiennent le maître de poste en pleine crise, tandis que l'on s'agenouille et commence à réciter des prières en latin.

L'abbé Cantelou et le curé de Saint-Georges parlent en même temps :

Est-ce l'esprit immonde
Ou l'esprit de Dieu
Ou plutôt la chair et le monde
Qui jouent leur jeu ?

En se tordant malgré la pression des gaillards qui le ceinturent et dans un état de plus en plus pitoyable, Jérôme répond :

— Je suis le diable et je tiens cet homme !

Alors que les prières redoublent d'intensité, le curé place un crucifix contre le malheureux et trace des signes de croix sur son front, sa bouche, sa poitrine. Des contorsions et des cris violents y répondent. L'abbé Cantelou se met alors à genoux et récite la litanie des saints puis intime l'ordre à Belzébuth de sortir de Gaultier. Dans un soubresaut paroxystique, le maître de poste émet un hurlement de bête féroce et retombe enfin dans une léthargie proche du coma.

Le diable s'est enfui. D'ailleurs, des paroissiens ont vu la porte s'ouvrir et claquer après qu'un courant d'air froid a parcouru l'assistance. Presque aussitôt, Baptiste Voisin se suspend à la cloche de la chapelle, sonnant de toutes ses forces. La commune doit savoir qu'une âme vient d'être arrachée des griffes du démon.

En guise de remerciement à Dieu, les fidèles assistent ensuite à une messe d'action de grâces, encore étourdis par cet exorcisme effrayant.

Quant aux invités du baptême, ils prennent peu après congé de leurs hôtes, le visage grave, complètement dégrisés. Une histoire incroyable que même la *Gazette de la Cour* relatera dans ses moindres détails.

29

Juin 1826. Le petit matin chatoie déjà de couleurs vives au-delà des collines. Une fine lumière dorée coule à travers les feuillages et les haies. Françoise avance, elle tient par la main Nicolas-Victor, surpris de voir un veau qui tète bruyamment sa mère dans un herbage fleuri.

De temps à autre, elle se penche pour cueillir des marguerites et des coquelicots sur les talus humides de rosée. Elle marche ainsi sur la route, encourageant son fils qui trottine à ses côtés, ne s'arrêtant que pour mieux s'imprégner du décor apaisant.

En tournant vers l'église, elle monte un chemin raide qui la fait respirer plus fort ; Nicolas-Victor la suit de près, courbant la tête, concentré sur son effort. Elle souffle un peu.

— Ça va ?

Le garçon fait signe que oui mais il profite de la pause pour s'asseoir un instant dans l'herbe. Françoise le suit, se pose sur une souche que les bûcherons ont découpée récemment.

Elle pense à Anthénor, son second fils de trois ans qu'elle a laissé aux Briouze, comme tous les matins depuis deux mois. Elle ferme les yeux.

— Reposons-nous un peu, dit-elle, il fait si beau !

Les années ont passé sans qu'elle s'en aperçoive. Le temps qui va plus vite que le vol de ces hirondelles au-dessus des champs. Un coureur de fond qui ne vous épargne rien, ni la fatigue, ni les rides, ni les nuits sans sommeil à veiller les enfants.

Pourtant ce furent des années de bonheur comme elle et Michel n'en avaient encore jamais connu durant leur vie commune. Les affaires avaient bien repris et lorsqu'elle s'était retrouvée enceinte, ils avaient vibré d'une même flambée de joie, touchés par la faveur que leur accordait la Vierge, à qui Françoise avait demandé un deuxième enfant. C'était il y a trois ans de cela, un jour où le crachin persistait depuis la veille, grisaille continue qui semblait ne plus faire avancer les heures. Anthénor était sagement né dans la chambre du haut, entre la sage-femme et le docteur qu'on avait pu aller chercher avec la carriole des Briouze. Le bébé avait vu le jour dans d'autres circonstances que Nicolas-Victor ! Mais peu importent aujourd'hui ces souvenirs, ils n'appartiennent qu'à Michel et à elle, ou plus exactement ils appartenaient. Car le temps, ce pourvoyeur du destin, l'a voulu ainsi.

Françoise soupire en levant les yeux vers le ciel. Un bleu comme elle en a rarement admiré, pas un nuage d'ouest en est. Son regard descend vers Nicolas-Victor en train d'arranger un bouquet de fleurs, de pissenlits et d'herbe qui faneront sans doute bien vite. Elle se relève.

— Allez ! Nicolas, encore un peu et nous y serons...

L'enfant ne se fait pas prier.

— Beau bouquet ! dit-il seulement, en lui montrant sa récolte.

Elle sourit, l'entraîne à nouveau sur le chemin où les pierres sèches affleurent.

Au loin, elle aperçoit une silhouette qui entre dans le cimetière, désert à cette heure. La grille qui grince, les pas dans les graviers tassés, les morts par ici n'attendent jamais longtemps seuls. « On dirait Louise », pense-t-elle.

Elle marche alors, pleine de cette force tranquille qui ne vient qu'à ceux qui ont vécu la fatalité jusqu'au bout, blessés au cœur, résignés, survivant pour les autres.

Vers le petit pont de pierre qui n'enjambe en cette saison qu'un mince filet d'eau entre les cailloux et le sable, elle s'immobilise comme à chaque fois.

Deux mois auparavant, le vieux Marc avait poussé la porte de la boulangerie. Neuf heures venaient de sonner à La Ferrière. Les pluies avaient cessé durant la nuit, laissant le pays luisant, scintillant sous les timides rayons du soleil.

« Vite ! Madame Cantelou, vot' Michel... »

Elle ne se souvenait plus que de sa course jusqu'au pont, relevant sa robe, perdant même un sabot. Avant d'arriver derrière l'attroupement, elle s'était appuyée de tout son poids contre le tronc d'un chêne, le souffle désordonné, un pied en sang. L'écorce dure sous la mousse humide lui avait rappelé Michel et ses bras à la vigueur presque sauvage. Il avait toujours été fort, rude, implacable parfois, lorsqu'il fallait lutter pour l'avenir. Françoise avait posé sa tête dans le creux de son bras, elle ne pouvait plus avancer tant son cœur la faisait souffrir à cogner ainsi. Elle avait l'impression qu'on pouvait le voir gonfler sa peau, la tendre sous ses coups violents. Elle pleurait aussi de ne pas pouvoir avancer plus vite alors que là-bas on l'attendait et peut-être...

Elle revoyait Michel rentrant de ses harassantes tournées, les traits creusés par la fatigue, trouvant encore le courage nécessaire d'attraper Nicolas-Victor qui courait : « Papa, papa ! » Le fils tant attendu qui les scellait l'un à l'autre comme la chaux vive entre les pierres de leur maison. Le bonheur était là, même quand Michel ne disait plus rien pendant le dîner, la bouche aspirant seulement la soupe brûlante avec des lapements bruyants et c'était bien l'habitude qui les rendait rassurants dans l'ombre du soir.

Après une inspiration profonde, elle avait repris sa marche à grands pas, la racine des cheveux collée par la sueur, boitant sous la douleur sans réussir à discerner ce qui lui faisait le plus mal dans sa détresse. Au bas de la côte des Moulins, les paysans, la reconnaissant, l'avaient laissée passer, respectueux, silencieux alors qu'elle se faufilait. « Pardon, pardon... » disait-elle au bord des larmes. Elle avait alors vu la carriole bâchée en travers du pont, juste à l'angle, remarqué un corps étendu dans les herbes. Aussitôt elle avait compris le choc, le terrible accident. Elle s'était agenouillée dans l'herbe auprès de Michel et de la hotte brisée aux pains éparpillés, lui saisissant le visage d'où sourdait un peu de sang par la bouche.

« Il vit, il vit ! » avait-elle affirmé à tous ceux qui la regardaient, hébétés. « Il le faut ! » Puis elle avait ri, pleuré, sangloté alors que le jeune conducteur du charroi était effondré à côté, prostré comme un gamin perdu.

Quelqu'un avait touché son épaule, une pression à la fois douce et déterminée. « Madame Cantelou... » C'était la voix du compagnon qu'ils avaient hébergé pour la nuit. La veille, Michel l'avait rencontré sur la grand-route avec un autre compagnon au moment où ils se donnaient l'accolade rituelle.

« Salut ! Compagnon, de quel honneur es-tu ?

— Compagnie du Devoir et de la Liberté ! Tu es un Chien blanc, non ? »

Les deux hommes avec leur canne à bout ferré et leur grand sac à dos durent même montrer à deux gendarmes intrigués leurs certificats de travail et les signatures de leurs patrons.

Achevant sa tournée, Michel les avait invités peu après mais l'un des deux compagnons, le charpentier, avait prétexté une visite dans une famille qui l'attendait vers Isigny pour continuer son chemin. Seul le premier, qui achevait son tour de France, avait accepté de suivre Michel. La soirée animée avait été belle. Autour de la table, l'abbé Cantelou, Marguerite et Nicolas, Louise et Jacques avaient pris place, faisant honneur à la soupe au pain recuit, à la salade de pissenlits, aux croûtons et à la bonne part de « teurgoule », le dessert au riz et au lait qui cuisait dans le four après les pains. Une exceptionnelle veillée les avait réunis dans le fournil, alors que Michel travaillait son levain pour le lendemain et que Nicolas-Victor, qui suivait déjà son père pas à pas, pleurait à cause de l'orage. « C'est le bon Dieu qui bat sa femme », disait en riant Michel pour le calmer. « Et qui marie sa fille ! » poursuivait Nicolas en câlinant son filleul. Mais le plus important, le plus beau des souvenirs, c'était bien le compagnon qui avait raconté son long périple à travers la France, rassurant l'abbé en lui affirmant qu'il était bien baptisé et qu'il avait même prêté serment sous la bannière de saint Honoré, le grand protecteur de ces Chiens blancs ou Compagnons de la raclette, comme on les surnommait encore.

Il leur avait montré sa canne sculptée, les rubans autour du pommeau qu'il avait été chercher à la Sainte-Baume en Provence. La Rochelle, Bordeaux, Toulouse, Nîmes puis Aix-en-Provence... Des villes aux noms presque magiques pour la plupart des assistants recueillis. Seul le petit Anthénor dormait sur les genoux de Françoise qui avait peu à peu découvert le visage tout irradié de Michel par un éclat qu'elle ne lui avait jamais vu, tandis qu'il se tendait tout à l'écoute vers le compagnon.

« A Cherbourg, j'ai fait du pain avec de l'eau de mer, à Marseille, j'ai ajouté des grains d'anis à la pâte pour la parfumer, j'ai même cuit à Nancy de petites brioches en pâte feuilletée qu'on appelle croissants... »

La soirée avait duré longtemps mais personne ne s'était plaint ou ennuyé. Rassembles autour des chandelles, un peu tassés à cause de l'exiguïté de la pièce, les Cantelou avaient d'un seul coup vu éclater leur horizon. Par la voix du compagnon, la grand-route les avait emmenés, portés aux quatre coins de la France, sans effort.

Ce soir-là, les yeux de Michel avaient étincelé dans la pénombre. Françoise les avait bien observés à la dérobée, pleins d'une émotion qui les rendait brillants. Ils semblaient dire : « Je suis trop vieux maintenant, mais peut-être que Nicolas-Victor... » Elle avait été la seule à tout comprendre, à reconnaître la passion qu'il cherchait à transmettre et dont elle se sentait aussi la messagère. Et quand tout le monde s'était séparé, quand leur invité, épuisé par son discours, s'était tu, par la fenêtre, le ciel lisse, plein d'étoiles semblait une promesse.

Mais ici, dans le froid mouillé de l'herbe, Françoise avait levé son regard voilé, tenant toujours à deux mains le visage encore chaud de Michel et c'est à ce moment, derrière la silhouette courbée du compagnon, qu'elle l'avait aperçue.

Une femme se cramponnait à la carriole, toute noire, voûtée, les mains décharnées par la vieillesse et les travaux difficiles, l'air hagarde. Elle avait les prunelles délavées presque blanches de ces vieilles femmes aveugles, qui se posent sans cesse sur l'infini. Bouleversée, elle ne faisait que répéter :

« Qui est ce monsieur ? Mon petit-fils n'a sans doute pas pu l'éviter avec sa carriole ; je paierai tout, j'ai les moyens ! On me connaît bien par ici, je suis Thérèse Baret, on m'appelle la veuve Baret… »

A ce moment, un vol puissant et lourd de grands oiseaux migrateurs avait fendu le ciel.

Production Jeannine Balland

Romans « Terres de France »

Jean Anglade
Un parrain de cendre
Le Jardin de Mercure
Y a pas d'bon Dieu
La Soupe à la fourchette
Un lit d'aubépine
La Maîtresse au piquet
Le Saintier
Le Grillon vert
La Fille aux orages
Un souper de neige
Les Puysatiers
Dans le secret des roseaux
La Rose et le Lilas
Avec le temps...
L'Ecureuil des vignes
Une étrange entreprise
Le Temps et la Paille
Les Ventres jaunes
Le Semeur d'alphabets
La Bonne Rosée
Un cœur étranger
Les Permissions de mai
Les Délices d'Alexandrine
Le Voleur de coloquintes
Sylvie Anne
Mélie de Sept-Vents
Le Secret des chênes
La Couze
Ciel d'orage sur Donzenac
La Maîtresse du corroyeur
Un horloger bien tranquille
Un été à Vignols
La Lavandière de Saint-Léger
L'Orpheline de Meyssac
Jean-Jacques Antier
Tempête sur Armen
La Fille du carillonneur
Marie-Paul Armand
Le Vent de la haine
Louise
Benoît
La Maîtresse d'école
La Cense aux alouettes
L'Enfance perdue
Un bouquet de dentelle
Au bonheur du matin
Le Cri du héron
Le Pain rouge
La Poussière des corons
Nouvelles du Nord
La Courée
Victor Bastien
Retour au Letsing
Henriette Bernier
L'Enfant de l'autre
L'Or blanc des pâturages
L'Enfant de la dernière chance
Le Choix de Pauline
La Petite Louison
Petite Mère
Françoise Bourdon
La Forge au Loup
La Cour aux paons
Le Bois de lune
Le Maître ardoisier
Les Tisserands de la Licorne
Le Vent de l'aube
Les Chemins de garance
La Figuière en héritage
La Nuit de l'amandier
Patrick Breuzé
Le Silence des glaces
La Grande Avalanche
La Malpeur
La Lumière des cimes
Nathalie de Broc
Le Patriarche du Bélon
La Dame des Forges
La Tresse de Jeanne

Loin de la rivière
La Rivière retrouvée
La Sorcière de Locronan
Annie Bruel
Le Mas des oliviers
Les Géants de pierre
Marie-Marseille
Michel Caffier
Le Hameau des mirabelliers
La Péniche Saint-Nicolas
Les Enfants du Flot
La Berline du roi Stanislas
La Plume d'or du drapier
L'Héritage du mirabellier
Marghareta la huguenote
Le Jardinier aux fleurs de verre
Jean-Pierre Chabrol
La Banquise
Claire Chazal
L'Institutrice
Didier Cornaille
Les Labours d'hiver
Les Terres abandonnées
Etrangers à la terre
L'Héritage de Ludovic Grollier
L'Alambic
Georges Coulonges
Les Terres gelées
La Fête des écoles
La Madelon de l'an 40
L'Enfant sous les étoiles
Les Flammes de la Liberté
Ma communale avait raison
Les blés deviennent paille
L'Eté du grand bonheur
Des amants de porcelaine
Le Pays des tomates plates
La Terre et le Moulin
Les Sabots de Paris
Les Sabots d'Angèle
La Liberté sur la montagne
Les Boulets rouges de la Commune
Pause-Café
Anne Courtillé
Les Dames de Clermont
Florine
Dieu le veult
Les Messieurs de Clermont
L'Arbre des dames
Le Secret du chat-huant
L'Orfèvre de Saint-Séverin
La Chambre aux pipistrelles
Paul Couturiau
En passant par la Lorraine
Annie Degroote
La Kermesse du diable
Le Cœur en Flandre
L'Oubliée de Salperwick
Les Filles du Houtland
Le Moulin de la Dérobade
Les Silences du maître drapier
Le Colporteur d'étoiles
La Splendeur des Vaneyck
Les Amants de la petite reine
Un palais dans les dunes
Renelde, fille des Flandres
Alain Dubos
Les Seigneurs de la haute lande
La Palombe noire
La Sève et la Cendre
Le Secret du docteur Lescat
Constance et la Ville d'Hiver
Marie-Bernadette Dupuy
L'Orpheline du bois des Loups
Les Enfants du Pas du Loup
La Demoiselle des Bories
Le Chant de l'Océan
Le Moulin du Loup
Le Chemin des Falaises
Elise Fischer
Trois Reines pour une couronne
Les Alliances de cristal
Mystérieuse Manon
Le Soleil des mineurs
Les cigognes savaient
Confession d'Adrien le colporteur
Le Secret du pressoir
Laurence Fritsch
La Faïencière de Saint-Jean
Alain Gandy
Adieu capitaine
Un sombre été à Chaluzac
L'Enigme de Ravejouls
Les Frères Delgayroux
Les Corneilles de Toulonjac
L'Affaire Combes

Les Polonaises de Cransac
Le Nœud d'anguilles
L'Agence Combes et Cie
Suicide sans préméditation
Fatale Randonnée
Une famille assassinée
Le piège se referme
Gérard Georges
La Promesse d'un jour d'été
Les Bœufs de la Saint-Jean
L'Ecole en héritage
Le Piocheur des terres gelées
Les Amants du chanvre
La Demoiselle aux fleurs sauvages
Jeanne la brodeuse au fil d'or
Denis Humbert
La Malvialle
Un si joli village
La Rouvraie
L'Arbre à poules
Les Demi-Frères
La Dernière Vague
Yves Jacob
Marie sans terre
Les Anges maudits de Tourlaville
Les blés seront coupés
Une mère en partage
Un homme bien tranquille
Le Fils du terre-neuvas
Hervé Jaouen
Que ma terre demeure
Au-dessous du calvaire
Les Ciels de la baie d'Audierne
Les Filles de Roz-Kelenn
Ceux de Ker-Askol
Michel Jeury
Au cabaret des oiseaux
Marie Kuhlmann
Le Puits Amélie
Passeurs d'ombre
Guillemette de La Borie
Les Dames de Tarnhac
Le Marchand de Bergerac
La Cousette de Commagnac
Jean-Pierre Leclerc
Les Années de pierre
La Rouge Batelière
L'Eau et les Jours
Les Sentinelles du printemps
Un amour naguère
Julien ou l'Impossible Rêve
A l'heure de la première étoile
Les Héritiers de Font-Alagé
Hélène Legrais
Le Destin des jumeaux Fabrègues
La Transbordeuse d'oranges
Les Herbes de la Saint-Jean
Les Enfants d'Elisabeth
Les Deux Vies d'Anna
Les Ombres du pays de la Mée
Eric Le Nabour
Les Ombres de Kervadec
Louis-Jacques Liandier
Les Gens de Bois-sur-Lyre
Les Racines de l'espérance
Jean-Paul Malaval
Le Domaine de Rocheveyre
Les Vignerons de Chantegrêle
Jours de colère à Malpertuis
Quai des Chartrons
Les Compagnons de Maletaverne
Le Carnaval des loups
Les Césarines
Grand-mère Antonia
Une maison dans les arbres
Une reine de trop
Une famille française
Le Crépuscule des patriarches
La Rosée blanche
L'Homme qui rêvait d'un village
L'Auberge des Diligences
Le Notaire de Pradeloup
Dominique Marny
A l'ombre des amandiers
La Rose des Vents
Et tout me parle de vous
Jouez cœur et gagnez
Il nous reste si peu de temps
Pascal Martin
Le Trésor du Magounia
Le Bonsaï de Brocéliande
Les Fantômes du mur païen
La Malédiction de Tévennec
L'Archange du Médoc
Louis Muron
Le Chant des canuts

Henry Noullet
La Falourde
La Destalounade
Bonencontre
Le Destin de Bérengère Fayol
Le Mensonge d'Adeline
L'Evadé de Salvetat
Les Sortilèges d'Agnès d'Ayrac
Le Dernier Train de Salignac
Michel Peyramaure
Un château rose en Corrèze
Les Grandes Falaises
Frédéric Pons
Les Troupeaux du diable
Les Soleils de l'Adour
Passeurs de nuit
Jean Siccardi
Le Bois des Malines
Les Roses rouges de décembre
Le Bâtisseur de chapelles
Le Moulin de Siagne
Un parfum de rose
La Symphonie des loups
La Cour de récré
Les Hauts de Cabrières
Les Brumes du Mercantour
La Chênaie de Seignerolle
Bernard Simonay
La Fille de la pierre
La Louve de Cornouaille
Jean-Michel Thibaux
La Bastide blanche
La Fille de la garrigue
La Colère du mistral
L'Homme qui habillait les mariées
La Gasparine
L'Or des collines
Le Chanteur de sérénades
La Pénitente
L'Enfant du mistral
L'Or du forgeron
Jean-Max Tixier
Le Crime des Hautes Terres
La Fiancée du santonnier
Le Maître des roseaux
Marion des salins
Le Mas des terres rouges
L'Aîné des Gallian
L'Ombre de la Sainte-Victoire
Brigitte Varel
Un village pourtant si tranquille
Les Yeux de Manon
Emma
L'Enfant traqué
Le Chemin de Jean
L'Enfant du Trièves
Le Déshonneur d'un père
Blessure d'enfance
Mémoire enfouie
Une vérité de trop
Louis-Olivier Vitté
La Rivière engloutie
L'Enfant des terres sauvages
L'Inconnue de la Maison-Haute
Colette Vlérick
La Fille du goémonier
Le Brodeur de Pont-l'Abbé
La Marée du soir
Le Blé noir

Polars de France

Alain Gandy
Un week-end meurtrier
Hélène Legrais
La Croix des outrages
Pascal Martin
La Traque des maîtres flamands
L'Ogre des Landes
Jean-Max Tixier
Le Juge de paix
Le crime était déjà écrit

Romans

Sylvie Anne
L'Appel de la pampa
Jean-Jacques Antier
Marie-Galante, la Liberté ou la mort
La Dame du Grand-Mât
Le Sixième Condamné de l'Espérance
La Prisonnière des mers du Sud
Erwan Bergot
Les Marches vers la gloire
Sud lointain
tome I *Le Courrier de Saïgon*
tome II *La Rivière des parfums*
tome III *Le Maître de Bao-Tan*
Rendez-vous à Vera-Cruz
Mourir au Laos
Jean Bertolino
Chaman
Fura-Tena
Jean-Baptiste Bester
Bois d'ébène
A l'heure où dorment les fauves
Michel Caffier
Le Découvreur du Mississippi
Anne Courtillé
Le Mosaïste de Constantinople
Paul Couturiau
Le Paravent de soie rouge
Le Paravent déchiré
L'Inconnue de Saigon
Les Amants du fleuve Rouge
Le Pianiste de La Nouvelle-Orléans
Les Brumes de San Francisco
Paradis perdu
Cent Ans avant de nous séparer
Comme un parfum d'ylang-ylang
Annie Degroote
L'Etrangère de Saint-Pétersbourg
Alain Dubos
Acadie, terre promise
Retour en Acadie
La Plantation de Bois-Joli
La Baie des maudits
Les Amants du Saint-Laurent
Elise Fischer
L'Enfant perdu des Philippines
Hubert Huertas
Nous jouerons quand même ensemble
La Passagère de la « Struma »
L'Orque de Magellan
Terminus Pondichéry
Denis Humbert
Un été d'illusions
Gérard A. Jaeger
Pour l'amour de Blanche
Hervé Jaouen
L'Adieu au Connemara
Le Testament des McGovern
Suite irlandaise
Diane Lacombe
L'Hermine de Mallaig
La Châtelaine de Mallaig
Sorcha de Mallaig
Eric Le Nabour
Orages sur Calcutta

Les Démons de Shanghai
Les Jardins d'Istanbul
Sonia Marmen
La Vallée des larmes
La Saison des corbeaux
La Terre des conquêtes
La Rivière des promesses
Dominique Marny
Du côté de Pondichéry
Les Nuits du Caire
Cap Malabata
Mes nuits ne sont pas les vôtres
Du côté de Bombay
Juliette Morillot
Les Orchidées rouges de Shanghai
Michel Peyramaure
Le Roman de Catherine de Médicis
Le Pays du Bel Espoir
Les Fleuves de Babylone
Les Tambours sauvages
Le Temps des moussons
Les Roses noires de Saint-Domingue
La Porte du non-retour
Les Prisonniers de Cabrera
Bernard Simonay
Les Tigres de Tasmanie
La Dame d'Australie
Princesse maorie
L'Appel de l'Orient
La Prophétie des Glaces
Les Enfants du volcan
Jean-Michel Thibaux
Le Roman de Cléopâtre
La Fille de Panamá
Tempête sur Panamá
La Pyramide perdue
La Cinquième Courtisane
La Danseuse sacrée
Colette Vlérick
Le Domaine du belvédère

Cet ouvrage a été imprimé en France par

CPI
Bussière

à Saint-Amand-Montrond (Cher)
en janvier 2010

Composition et mise en pages : FACOMPO, LISIEUX

N° d'édition : 8028. — N° d'impression : 093750/1.
Dépôt légal : janvier 2010.